薛晓路
焦华静
著

吹哨人

THE WHISTLEBLOWER

新世界出版社
NEW WORLD PRESS

图书在版编目（CIP）数据

吹哨人 / 薛晓路，焦华静著. -- 北京 : 新世界出版社，2020.1

ISBN 978-7-5104-6901-5

Ⅰ. ①吹… Ⅱ. ①薛… ②焦… Ⅲ. ①长篇小说—中国—当代 Ⅳ. ①I247.5

中国版本图书馆CIP数据核字(2019)第211948号

吹哨人

作　　者：薛晓路　焦华静
责任编辑：黄　倩
责任印制：王宝根
责任校对：宣　慧
出版发行：新世界出版社
社　　址：北京西城区百万庄大街24号(100037)
发 行 部：(010)6899 5968　(010)6899 8705（传真）
总 编 室：(010)6899 5424　(010)6832 6679（传真）
http://www.nwp.cn
http://www.nwp.com.cn
版 权 部：+8610 6899 6306
版权部电子信箱：nwpcd@sina.com
印　　刷：天津旭非印刷有限公司
经　　销：新华书店
开　　本：710mm×1000mm　1/16
字　　数：200千字　印张：17.5
版　　次：2020年1月第1版　2020年1月第1次印刷
书　　号：ISBN 978-7-5104-6901-5
定　　价：45.00元

爱与欲只是一念之间，
不用悲泣，不用欢喜，
这里是天堂，也是地狱。

目录

第一章｜引 子

Peter 失踪了？

当这个念头冒出来的时候，马珂自己都吓了一跳。

这几天为公司的事他火急火燎地找 Peter，但对方手机一直关机，找不到人。问了 Peter 的秘书 Rose，她也一问摇头三不知。甚至她抱怨都去了 Peter 家几次寻人，但回回都是闭门羹。

Peter 应该还在非洲地震现场，又怎么可能会待在家里呢？马珂看着 Rose 一脸无措的表情就有些上火。

走出飓力能源公司门口，马珂抚了一把脸，试着冷静下来。最近公司发生了太多匪夷所思的事，他有太多的疑问想问 Peter。阵阵酸胀感透过眼底传来，他揉了揉眼睛，就在闭目的那一瞬，那天在十二门徒洲际酒店的画面又来了——Peter 意外地闯进酒会，失态地冲他喊：“Check the gate，你难道不知道这是比赛前最重要的事吗?!”

什么“Check the gate”，他至今都不知那天 Peter 胡说八道些什么，让他在众人面前如此下不了台。

那竟然是他最后一次见 Peter!

这家伙去了什么地方？或是非洲地震现场出了什么状况，躲起来了？

可 Peter 是公司的红人，即使出了什么状况也轮不到他躲啊!

今天全公司召开紧急会议，Peter 仍然缺席，难道……

马珂不敢往下再想，脑子里一团乱麻，思维好似飘散在了头骨之外。

正在思绪凌乱之际，手机铃声猛地一响，竟吓得他一哆嗦。他头皮发麻地接起电话，老板 Harrison 的声音急躁又刺耳地传来，“Peter”的名字刚跳进他的耳膜，他还没来得及揣测 Harrison 的语气，那个电话中传来的消息就让他惊得差点儿撞上了从身边莫名窜出来的出租车……

啪的一声，手机慌张地跌落在地。马珂一张惊愕失色的脸怔愣在闹市中，显得如此突兀和诡异……

第二章｜强震之后

【三个月前】

一边是贫瘠穷困，一边是迤逦美景，非洲之心让人神往又纠结。

在马拉维这样典型的非洲草原，一望无际深入浅出的绿，再配上蓝得寂静又神秘的天空，把人的眼瞳牢牢锁住——孩子们打闹嬉戏；三三两两的妇女晾晒衣服；野羚羊悠闲地散步、饮水；一群斑马喷着响鼻悠闲地在阳光下晒太阳。那画面美得让人惊心动魄。

这里没有纷争，没有忙碌，一切都缓慢、平静。时间似乎在这里被放慢与定格，进化仿佛停留在了很久以前。谁都以为这样与世无争的安宁会日复一日地延续下去。

这一天，不同寻常，一切发生得毫无征兆，就连敏感的野羚羊也没有察觉，等地下隆隆声渐起，即便它们的奔跑速度赛过猎豹，逃跑却也来不及了。大地在晃动，远处的山塌陷下去，巨大的地面裂缝带着来自地狱一般的尖厉呼啸声。震惊的人们突然反应过来，拉扯着孩子们开始奔跑，地面裂缝如同碎裂的冰面，张牙舞爪地四下延伸，裹挟着树木和房屋。一团烈火从倒塌的房屋中肆无忌惮地蹿出来，沿着开裂的地面游走，所到之处火焰、烟雾迅速弥漫，吞没了一切。马拉维利文斯顿尼亚的这个村庄在一片火光中成了废墟。

霞光迷离，哀号连连，橘色的太阳被烟雾染成了血红，多彩变幻的天空下全是成片成片的泪光……

“……非洲马拉维西部的利文斯顿尼亚地区发生里氏 8.1 级浅源地表强震，引发大火殃及方圆五十多公里。澳大利亚飓力能源公司是该地区的主要雇主之一，也是唯一离灾区距离近又有物资支援的大型机构，目前他们已派遣救援团队赶到该地区进行紧急救援……但由于利文斯顿尼亚地区偏远，伤亡人数统计目前还不完全……”IBC（International Broadcast Company）记者第一时间对马拉维地震进行了报道。

大地一片焦黑，来不及逃亡的被烧焦的动物尸体散落四处，空气中弥漫着烟火和腐肉的味道，几只秃鹫盘旋在上空，灾难现场惨不忍睹。

马拉维位于非洲东南部，经济以农业为主，其中烟草业占据主要收入来源。马拉维北部有丰富的矿藏，但因为分布不均匀，人烟稀少，再加上交通不便利，开采难度非常大。这几年，马拉维开始与一些发达国家进行技术合作，联合采矿。澳大利亚飓力能源公司就是其中之一。

作为世界上最不发达的国家之一，马拉维严重依赖国际救援。可想而知这样一次强震，对蛮荒落后的马拉维意味着什么，尤其是更贫瘠、更偏远的西部利文斯顿尼亚地区。

地面上巨大的裂缝、倒塌的房屋、绝望的人们，记者面对这一切，神情沉重道："下面我们来采访一下 Peter Wu，飓力能源公司公关部总监——"

镜头对准在这个叫 Peter Wu 的中国男人身上。他身穿飓力能源公司的救援背心，一脸疲惫地站在灾区中心。他身后是震裂的大地和焦黑的泥土，还有印着飓力能源标志的大量救援物资。

Peter 努力振奋精神，用几乎听不出中国口音的英文娴熟地面对镜头接受采访："近十年来，飓力能源公司一直致力于马拉维的经济发展。今天，我们义不容辞地站在赈灾的最前线。目前首笔 100 万澳元的救灾款已经汇入，后续根据需要，我们还会提供更多的救援支援……"

Peter Wu，四十四岁，时任飓力能源公司公关部总监。十几岁离家去了澳洲念书，从高中、大学、研究生一路读下来，成绩斐然。在同学们还都在餐馆打工的时候，他就已经成功组织了好几场所谓"中国论坛"。从拉赞助到请嘉宾，Peter 长袖善舞，把中国人的聪明、变通发挥到了极致。他摸准了中国一些暴富的企业家想出国镀金的虚荣心理，又利用校友资源，忽悠了几位澳洲退休议员，两边各取所需，拍拍照吃吃饭，象征性地开几个座谈会就算“论坛成功举行”了。也正是他这种“学贯中西”的融通，让他进入飓力能源后一路绝尘，很快升到了公司管理层。

他总是西装革履，发型一丝不苟。他向来喜欢英国人的绅士派头，觉得那才是男人最帅最有魅力的表达。所以，穿着几天没换洗的衬衣，站在非洲的烈日下，Peter 别提多不乐意了。但是危机公关不就是公关部的职责嘛，躲不过！本来他应该在澳洲跟进公司的一个重要合资项目，陪来自吕汉的中国代表团吃喝玩乐才对，没想到非洲一场地震，他被火速派来赈灾。虽说有十个不情愿，但也只能顶着头皮硬上。

当他到了地震现场亲眼看到满目疮痍的废墟，他马上感到一丝不安和惊慌。但又说不出这惊慌来自哪里。到底是公关危机处理多了，他下意识地掩饰住自己的微微不安。最后他对着话筒说：“《圣经》上说：‘你手若有行善的力量，不可推辞。’让我们携起手来，共同渡过难关……”

Peter 是基督徒，化解公关危机他最喜欢引用《圣经》上的话，说到最后自己都有些不知所云。当时那个一脸镇定、振振有词的他又怎么会想到，数日后自己内心的那一丝惊慌竟成了一场万劫不复的梦魇。

第三章｜透明天花板

Peter Wu 在电视里疲于应战的画面正被飓力能源公司的老板 James Harrison 尽收眼底。

在澳大利亚著名景点十二门徒的机场，Harrison 一边目不转睛地看着手机里的电视转播，一边又瞥了一眼神情紧张的中国员工 Mark Ma，满意地说："太棒了，说的都在点儿上了。你觉得怎么样，Mark？"

Mark 犹豫一下，不置可否："……希望 Peter 在那儿真能帮到他们吧。"

Mark Ma 中文名叫马珂，三十六岁，样子长得憨厚老实，人还算帅气，一米八五的个头，在人群中还是挺玉树临风的，就是头围有点儿大，他一度怀疑是小时候劣质奶粉喝多了。正因为样子长得老实，在公司也没少受排挤。尤其是在澳洲公司，华人本来就少，想在职场晋升比登天还难。

马珂读完大学就到澳洲留学，研究生毕业后也没想回国，就留在这边工作。能进这家澳洲飓力能源公司，也是挤破头了。然而因为西方公司的“透明天花板”，对进入管理高层的华人数量有限制，马珂即使工作再努力也仍然只是公关部的一名小职员。他跟 Peter 才差了八岁，想熬出头太难了。

听着这个回答，Harrison 笑了，他对 Mark 的反应一点儿不意外。公司就两个中国员工，除了正在非洲赈灾的 Peter，就是这个 Mark 了。

Mark 和 Peter 虽说同为中国人，Harrison 看他们俩就像看两个星球的人。Peter 野心勃勃，圆滑外向，一心追求成功。Peter 是钻石王老五，如果不是澳洲的法律要求休假，他可以二十四小时工作。而 Mark 就大大不同了，他谦和沉默，老实本分，顾家孝顺，一副典型的东方好男人形象。Harrison 私下甚至跟老婆打趣 Mark，说这么个温和老实的男人，估计床上也是无趣乏味。

马珂见 Harrison 笑了一下，也赶紧跟着挤出一丝笑意。说起他和 Peter 的关系也有些一言难尽。他俩同是墨尔本大学毕业的，Peter 比他高两届，在大学时也算风云人物。两人既是校友又同为中国人，论理关系应该比一般人近些。但 Peter 为人清高，只在意混入白人圈子，从不把他这个师弟放在眼里。圈子不同，强融也难。再加上他又是钻石王老五，而马珂早就拖家带口，两人的交集自然更少。

细说起来，他们之间的关系就显得有些不伦不类，既不近，又不能远，这个尺度拿捏起来确实有些费劲。两人虽同事多年，但马珂总感觉 Peter 在有意无意地防着他，工作上的重要项目从不分给他，这是让他最难受的地方。Peter 住在高档社区，马珂的房子远离市中心，两人私下也没任何交往。有时马珂想，在 Peter心中，他可能都不如 Peter 养的那条狗尊贵。

Mark 突然意识到自己想远了，刚收回思绪，调好坐姿，正对上 Harrison 那对碧蓝的鹰眼。说不清那是怎样的一种眼神，这眼神总令 Mark 不自在地微微凛然……

马珂来澳洲都快十二年了，工作十年，职场混成这样他自己都觉得不好意思。到现在还一直拿工作签证，说起来这里面的故事又有些无奈。

墨尔本读完研究生后，马珂当时还并没想留下定居，只想先干几年再看看情况。主要是母亲身体不好，她担心马珂留澳洲后就不回来了，总说国外有什么好，哪儿都不如北京好，让他干几年挣点儿钱就回来。为此马珂也就没有申请永久居留身份（PR）。但老婆大人 Judy 喜欢墨尔本。

墨尔本是澳洲第二大城市，连续多年被评为最适合居住的城市之一，拥有悠久的人文历史。这里气候宜人，碧海蓝天，一年四季温差不大，最重要的是没有雾霾，没有污染，自来水打开就能喝。从文化艺术层面的多元性，到大自然的风光之美，应有尽有。艺术、文化、娱乐、美食、购物和商业，样样都有自己的特色。这样一个鲜活多彩的城市，对 Judy 这样崇尚自然和人文气息的女青年有着致命吸引力。

还有一点，Judy 看重的就是澳洲成熟的教育体系。迄今这里孕育了十五位诺贝尔奖得主，全球最好的大学很多都在这里，而且可享受十二年公立学校免费入读。澳洲的教育体系已成为世界的标杆。如果孩子能在这里受教育，至少不用挤在国内恐怖的高考氛围里喘不过气。

澳洲本身是移民国家，对外来人口都比较包容，歧视没有那么鲜明。居民素质普遍比较高。癌症死亡率和发病率也是全球最低的。全民公立医院全部实行免费医疗，六十五岁退休就可以领取养老金。如果有了 PR 身份，即使没有工作也可以申请国家补贴，每个月还能领到相当于六千人民币的补助。上大学也可以贷款，还可以申请减免学费。如果大学毕业工作后的收入低于国家标准，国家也不会逼你还这个贷款。失业补贴、最低生活保障金制度都非常健全。如果你既没有工作，还生了一堆孩子，那么澳洲政府给你的补助就更多……这么优渥的条件，不得不让人心神向往。

最早马珂在一家华人电脑公司上班，华人老板对他比较照顾，那几年也还算过得舒心，觉得拿工作签也还好。三年前，公司倒闭了，老板介绍他去了飓力能源公司，像他这种工作签的外来户其实是很难进入这样的大公司的。幸好有中间人的关系，马珂的面试成绩又不错，才勉强进去。一开始还只是实习生的身份，老板 Harrison 看他工作一直还算卖力，才通融给他转了正。但对于 Harrison，马珂总有些距离感，这种距离感又跟 Peter 完全不同，说不清的一种感觉，说害怕有点儿夸张；但说不怕，又有点儿自欺欺人。

两年前，马珂把父母接来墨尔本住了几个月，发生的一件小事令母亲对外国的“成见”立刻消了。那次马珂领着父母头一次出门坐公共汽车，那是墨尔本的一个小站，有十几个人排队等候上车，全是老头、老太太。这些人一个个慢悠悠地排着队，慢悠悠地买票，买票时还跟兼当售票员的司机慢悠悠地说话聊天。

母亲当时就诧异了，怎么这么慢！司机居然跟他们有说有笑，后面等候的人和车上坐着的乘客居然也没有一个人催的。想想这要在北京，追赶公共汽车时的百米冲刺那叫一个快啊，腿脚慢的真赶不上车。奋不顾身往车上挤的时候，身手那叫一个敏捷啊。可就是这样，还时常眼看着快要上车了，却被啪的一下关在门外，只能眼睁睁地看着车绝尘而去。母亲常常为这事回来气得发牢骚。

在墨尔本，看着这些慢腾腾的澳洲公共汽车，还有这些慢悠悠的澳洲人，母亲不解地问：“这么慢，‘四个现代化’什么时候才能实现啊?”

马珂听了这话，当场都快笑喷了。他解释说：“人家澳洲早实现‘四个现代化’了，人家是发达国家。”

父亲也叹了一句：“哎哟，原来实不实现现代化，并不在于人人都拼了命似的往前赶呀!”

“是啊!”马珂说完，大家都哑然了。

从此母亲的观点改变了，她拉着马珂的手说：“马珂，你要不还是把居留权申请了吧。人家都实现‘四个现代化’了，比咱们强。”

马珂这才正式开始申请 PR，让公司给做了担保。在澳洲，如果你没有 PR 身份，许多事都是难上加难，尤其是看病，全都得自费。有一次，马珂发烧去社区医院挂号，光挂号费就要了

70 澳元，相当于三百多人民币。这在国内都能挂上专家号了。发烧 40 度了，医生还不给打退烧针，血检、尿检又查不出什么问题，最后只得开了 Panadol（必理通）。上次肠胃炎，大上次胃痛，医生开的全是 Panadol，基本已经抗药性了。让医生换个药，医生只好拿起手机查 Google……搞得马珂差点儿抑郁了。

还有一次，Judy 突然在家晕倒，叫了辆救护车看急诊，光车费就花了八百多澳元。他印象中，国内叫个 120 也没那么贵。好不容易到了医院，还得排队，等了三个小时才看上病，结果医生只看了五分钟就开了药单，让马珂自己去药房买药。马珂一看药单差点儿没晕过去，就一种药：Panadol！

没有 PR，就意味着你不能生病。不光是医疗，澳洲其他的一些福利政策也很难享受到。为此，老婆大人 Judy 总是意见颇多。

Judy 于小然在墨尔本一家电影公司做特效，以她的条件申请 PR 也是不费力的事，但马珂不办，她也不能自己先办，嫁鸡随鸡，嫁狗随狗，她是这样的性格。但自从马珂进入飓力公司以后，她觉得这事也该提上日程了。如果在公司，你没有 PR 身份，不说随时可能丢掉饭碗，晋升根本没可能！虽说 Judy 不是那种势利的人，但三十多岁的年纪，她也想尽快稳定下来，有了 PR 至少心里踏实。

但这事老天也有点儿捉弄人。两年前他们申请 PR 的时候，赶上移民局搬家，竟然把他们之前的申请资料弄丢了；去年再申请的时候，有一份资料又弄错了。就这么阴差阳错，拖到今年还没办成。为这事，Judy 着急上火，两人也没少吵架。

马珂倒自信满满，他觉得今年怎么也能申请下来了，不可能总那么点背。他今年已经三十六岁了，马上就要步入中年危机，在四十岁之前如果还没得到晋升，估计他的仕途就此打住了。虽说他也不是什么官迷，但总归面子上挂不住。

唉，抛开 PR 这事不说，性格上他也有软肋。用 Judy 的话说，谁叫你老实，嘴又笨，又不会拉关系。这话，马珂没有反驳，他承认，不仅 Peter 不把他放在眼里，老板 Harrison 更是从来没正眼瞧过他。但他从来没觉得这样的性格有问题，油头滑脑、八面玲珑的人他向来反感。

每次 Judy 挤对他老实时，他总是强词夺理道："我这叫沉稳，懂吗，沉稳!"

多少次 Judy 让他提着东西去 Peter 家走动走动，马珂都充耳不闻。热脸贴冷屁股的事他可做不出来。后来 Judy 也想通了，当初就是因为马珂单纯的性格才吸引她，拍马屁、拉关系这种事情其实不光马珂做不出来，她自己也是打怵的。这样想着，她心里那个小鞭子也就放下了。

马珂虽说嘴笨，心里却有数，哪个老婆不希望自己的老公事业有成、功成名就，他又何尝不想夫贵妻荣，做出一番事业好好让老婆风光风光，只是职场的事并不是你努力了就有结果的。想到这一层他的心里就凉凉的。这种周身的凉意并不是 Judy 带给他的，反而是他自己给自己的压力。

谁知突然有一天，非洲那边闹地震了，Peter 就这么被顺理成章地派了过去。接下来发生的事他想都没敢想——今天老板 James Harrison 居然找他谈话了。这个高大威猛，身材像一只熊的白人老板，今天谈话的语气、语速都格外让人如沐春风。虽然没有明着说要他接替 Peter 的职位，但话里话外是让他把公关部的工作抓起来。当时他的内心就沸腾了，这可是千载难逢的机会。但面上他还得保持自己一贯的沉稳，努力表示一定把 Peter 走后所有的工作都抓起来。

随着飓力能源公司和中国合作的项目越来越多，马珂再一次察觉到了升职的希望。尤其是最近听说中国吕汉煤炭集团公司要来飓力考察，全公司就两个中国人，中文好的除了 Peter 就是他了，按理说这个接待任务应该义不容辞地交到马珂身上。这可是公司目前最重要的合作项目，如果他能顺利促成这次合作，那么升职加薪也是指日可待了。

这事他每天睡觉之前都会在床上辗转反侧一会儿，想到他升职后的可喜画面，自己都忍不住偷偷乐一下。

但这种好差事能轮到他头上吗?

第四章｜从天而降的馅饼

张爱玲说过："人总是在接近幸福时倍感幸福，在幸福进行时却患得患失。"Judy 对此也深有感触。在澳洲打拼的这些年，看着马珂围着这个家忙前忙后的身影，她心里是会泛起幸福的涟漪的。只是有时涟漪荡了几个圈圈就消失了，生活的琐碎能把这种幸福感轻易打败打碎打散。

Judy 大学毕业跟男友分手后跑到澳洲读研，正好遇到了因失恋而失去魂魄的马珂。马珂比她高一届，二人既是同学，又是朋友。虽说都是失恋，但 Judy 是想分手后开始新生活，而马珂则是陷在失恋的阴影里一蹶不振。那时的马珂剃了个大光头，看人的眼神都是涣散不聚焦的。而 Judy 热情开朗，对生活没那么多要求，完全是理科化的简单思维模式，属于没心没肺又好相处的姑娘。两人在一起正好互补，慢慢地也就走到了一起。

Judy 学的是电影特效，典型技术宅，只要一台电脑、一间屋子就能工作。她不需要刺激浪漫的不凡体验，也不需要高人一等的物质享受，只要平平淡淡，相濡以沫。两人踏踏实实地过日子，便是她追求的生活品质。

最难得的是，Judy 还做得一手好菜，先暖了马珂的胃，又融化了他的心。跟 Judy 恋爱后，马珂才重燃起对生活的热情。Judy 总打趣是她治好了马珂的抑郁症。马珂总是狡辩，说自己底子好，抗打击能力强，嘴上还不服软。两人小打小闹着，感情却也水乳交融。

研究生毕业后，两人顺理成章地结了婚，有了孩子，日子过得不温不火，不疾不徐，也温馨得羡煞旁人。

马珂人高马大，年轻时帅气迷人，尤其笑起来，连皱纹里都藏着那么一点点儒雅气质，在校园里也不乏追求者。这里面金发碧眼的姑娘也有不少。但马珂骨子里传统，总觉得和外国人文化差异这一关过不去。

文化差异其实是个挺虚的东西，但它的影响却是实实在在的。在国内的时候，经常能看到一个老外领着一个中国姑娘走在街头，卿卿我我，也没觉得特别，反而还觉得这种中西方文化融合得挺好。但到了墨尔本，很少能在街上看到一对儿这样的情侣，当时马珂还觉得挺奇怪。

后来马珂租房，隔壁住的是一位犹太人，他的太太是位苏州姑娘，他们在一起生活八年了，刚刚度过了七年之痒。前三年他们是在争吵中度过的，苏州姑娘喜欢攒钱寄给国内的父母，外国小伙子不理解；外国小伙子去中国坐老丈人开的车，因为老人没系安全带、乱超车，他受不了，愣是半路下了车，完全不给长辈面子，关系一度闹得很僵……这些例子在他们日常生活中多得不胜枚举。跟这对邻居熟了，也总能听到他们之间有趣的故事。这就是挺现实的问题，文化融合并不简单。马珂深知这一点，所以凡是遇到热情似火的外国姑娘，再美他都狠心地拒绝。

文化差异是一堵墙。不光是婚姻，马珂工作后，也深感到这种差异无孔不入。比如，老外不喜欢你一有事情抄起电话来就打，他们更愿意通过邮件来交流。这点他还真不习惯。有事直接打电话沟通既省事又直接，效率还高。可老外有自己的那一套，人在他乡，只能适应他们这样的沟通方式。

本身在异乡打拼已经是举步维艰了，若要再为了文化差异拼命地妥协包容，那真的要神劳形瘁了。他之所以选择Judy，也是不想受这样的罪。沟通成本才是婚姻中最费时费力的。他无法想象自己为了一点鸡毛蒜皮、柴米油盐，跟外国老婆用英文吵来吵去，半天挤不出一个单词他才要疯了。

马珂脾气好，虽说Judy对他事业上的一蹶不振有过微词，但每次都好似拳头打在枕头上，两人也吵不起来。在事业上，Judy反而混得比马珂强。这几年，她给电影做动态捕捉、造型设计，还有电脑特效，在圈子里混得风生水起。不光挣得比老公多，取得的成就也是有目共睹。像她这种独立女性结婚久了，有时都觉得老公这种角色远没有当初那么让她依赖了。这种不知何时从心底攀爬而上的感觉慢慢变成了一种优越感，也多少令她对马珂忽略很多，言语上难免犀利。

偶尔任性拌嘴时，把马珂逼急了，他会大吼一声：“于小然！”

之后见她盛气凌人的样子，他最终还是软下来。

爱是软肋，又是盔甲。这句话放在他们这个家，可以定义为马珂是软肋，于小然是盔甲。

也正是这样的一种关系，两人结婚十来年倒也相安无事，于小然也觉得琴瑟和鸣。当然，如果马珂能在公司有所作为，那才是锦上添花。女人心有时缥缈得像天上的云，有时又现实得像地上的尘埃。

一早上班，老板 James Harrison 就把马珂叫到了办公室。

马珂面带微笑又有些小忐忑地看着那张天天需要他仰视的脸。Harrison 五官舒展，表情柔和，嘴角还有些上扬。看样子，今天应该会有好事。

当马珂还在揣测中惴惴不安时，他就听到 Harrison 说了一番他做梦都能笑醒的话。

下一秒他就傻了，这，这是真的吗？

他难以置信地看着突然变得可爱无比的老板，脑中仍在回味刚才的那番话：“公司决定把接待中国吕汉煤炭集团公司的工作交给你了！”

马珂兴奋过了头的表现就是呆若木鸡，一下竟不知如何接住这从天而降的馅饼。以前他总把壮硕的 Harrison 看作一头熊，尤其烦他说话的大嗓门，几里外都能听得到，心里那层不敢向外人道的反感可想而知。没想到如今熊也有可爱的一面，连说话的声音都变得轻声细语了。马珂一时不能适应了。

Harrison 见他半天没说话，以为他并不愿意，便又说：“哈哈，我知道让你临时接替他有点儿不公平，不过，陪代表团吃喝玩乐总好过去非洲受苦对吧?”

这时的马珂才恢复了神志，马上接口说：“哪里哪里，我非常荣幸，感谢公司对我的信任!”他还想补一句，“这是我义不容辞的”，但一时又没想出相对应的英文，只好作罢，只是满脸堆笑，面上开出一朵花。

当天马珂就跟着 Harrison 开车去了十二门徒。十二门徒距离墨尔本大约 220 公里，是澳大利亚大洋路的著名地标，也是澳洲赫赫有名的旅游景点。

为什么要来这里？谈判在墨尔本进行不是更方便？肚子里想了想，马珂也没敢多问。现在这个节骨眼上，服从就是最好的安排。

Harrison 对着十二门徒的奇岩怪壁，给马珂布置了工作：“今晚公司会举办一场大 Party，你的任务就是让中国代表团开心。玩好了，你再安排送他们去悉尼转机回国，咱们就大功告成了。”

马珂立刻说：“我会尽全力，Harrison 先生。”

说话间，一架有飓力能源 Logo 的私人飞机从天而降，在跑道上减速滑行。Harrison 便收起手机，拉马珂向飞机降落的方向走去。

马珂有点儿搞不明白，合作还没谈怎么就先搞上 Party 了？那什么时候谈业务？而且公司居然动用了商务私人飞机，看来这次的动静不小啊。

Harrison 见马珂那样子故意问道：“我怎么觉察到你脸上有一点儿疑问……”

马珂马上回道："没有，没有……"但又觉得这样回答似乎很不真诚，便又加了一句，"我只是不理解我们为什么把整个代表团带到这儿来，墨尔本难道不能开 Party 吗？"说完又开始后悔，提这个干什么，真不知是脑子跟不上嘴，还是嘴跟不上脑子。

Harrison 觉得好笑，这个 Mark 还真不如 Peter 脑子活："这是十二门徒啊！哥们儿，这旷世奇迹说不定哪天就消失了。带中国人来这儿就是为了让他们高兴啊。Peter 说了，这是锦上添花，中国人最喜欢这个。他这个提议我觉得非常好，而且他跟我保证这些都是上上策，他可是咱们的中国专家。"

话落，马珂也觉得好笑，心想我也是中国专家啊，不谈业务搞旅游，中国人是高兴了，但合作呢，总得谈吧。这个 Peter 出的什么馊主意，还什么上上策。但这些话他是再不敢说出口，便强颜笑笑说："只要代表团满意就好。"

Harrison 尽管对 Mark 很亲近，但是这么大的事临时交到 Mark 手上他还是很担心。本来这里根本不应该有 Mark 的！代表团的一切安排都是 Peter 经手的，之前他们已经在墨尔本总部开了四天会了。各种参观考察谈判，之后，眼看就要大功告成，最后一个环节就是请代表团去十二门徒休闲度假两天，完事就回中国了，哪想到非洲突然发生了大地震。飓力能源因为在灾区附近有分公司，责无旁贷有救灾义务，把 Peter 派去处理非洲危机，那么接待中国代表团最后这两天游玩的任务只得落在 Mark 头上。Mark 能不能胜任，Harrison 还真有点儿吃不准。

老辣的 Harrison 早看穿了 Mark 的微表情，不痛不痒道："为什么你们俩总是意见不一样？我听说读硕士的时候他不是你的学长吗……”

马珂心里一紧，这家伙怎么连这个都知道。他赶紧又挤出微笑说：“是啊，是啊，我们是校友，我就是因为崇拜他才进的公司。他的意见应该比我成熟。”违心的话从马珂嘴里说出来总显得那么不自然。唉，在职场这么多年，他这嘴皮子怎么就死练不出来！

关于 Mark 和 Peter 之间的故事，Harrison 其实早就心知肚明。他们俩是校友，一度还在同一个华人划艇俱乐部。当初，Mark 在飏力能源做实习生的时候，正赶上公司年度述职，世界各分公司高管来来往往，Mark 如同人脸识别器和精准记录仪的大脑给 Harrison 留下了深刻印象。实习结束，Harrison 就决定把 Mark 留在公司。Harrison 常戏称 Mark 是“行走的档案”。Mark 进公司没多久，Peter 主动提出希望 Mark 来自己的公关部工作。Harrison 自然同意，他们都是中国人，沟通更容易。

然而让 Harrison 想不到的是，Peter 要了 Mark 去就是为了冷藏，只把一些边角的事分给 Mark，重要的事绝不让他参与。Harrison 对 Peter 的小心机看得一清二楚。

Harrison 尽管知道 Peter 的私心，内心却是认同的。或许他和 Peter 骨子里是一类人，职场如战场，不是你死就是我活。他们都不同于公司董事长 Chris——那是衔着金勺子出生的，从祖父那代就做采矿生意。飏力能源集团历经 Chris 祖父、父亲两代人，到了 Chris 这里已然富可敌国，生意开枝散叶到世界各地了。

Mark 也是聪明人，他很快就看出了问题，但他从来没抱怨或是投诉过 Peter。这让 Harrison 对 Mark 的好感增加了一层，偶尔还隐隐为 Mark 觉得委屈。再加之自己的儿子和 Mark 的儿子同一个小学，因此 Harrison 私下也偶尔打破员工界限和 Mark 有点儿私人走动。

每次 Harrison 表现得对 Mark 亲近一点儿，Peter 就紧张地更卖力气讨好他。Harrison 很享受这种状态，人事的平衡在他看来是最有趣最微妙的，管理是什么？本质不就是管人吗？会中文的董事长 Chris 曾经送给他一本英文版的《孙子兵法》，Harrison 觉得自己深得其要义，不禁暗自得意。

飞机终于在停机坪上停稳，马珂和 Harrison 都把思路及时调整回来。

就在候机的片刻，Harrison 仍打趣他说："你和 Peter 还真有些不一样，虽然你们是校友。"

马珂想了想说："当然不一样，我是结婚多年的家庭妇男，女人不会多看我一眼；Peter 是钻石王老五，追他的姑娘大把。"说到"家庭妇男"这词，他用了"house - husband"，也不知 Harrison 明白了没有。

Harrison 听后哈哈大笑，会意道："Mark，你谦虚了，你是典型居家好男人；他呢，是个孤家寡人的工作狂。哈哈，不过我爱你们两个……"

最后这话差点儿没让马珂保持冷静，如果此刻他嘴里含着茶水，一定会毫无防备地喷出来。

对于 Peter 钻石王老五的身份，马珂也一直觉得好奇。认识 Peter 这么多年，从未见他交往过什么女朋友，这有点儿令人费解。论长相，他一表人才，风度翩翩；论地位，在公司也做到了管理高层；论财富，光看他住的高档社区就已经令人仰视了，这样的条件居然还单身，简直不合常理。

Judy 见过 Peter 一面就认定他是 GAY，她的理由很简单：“他都不往我脸上瞥一眼，显然是对女人没兴趣。”

“也许你的姿色入不了他的法眼。”马珂调侃她。Judy 气得差点儿对他家暴。

公司里，大家对 Peter 的八卦议论声也颇多。传闻 Peter 的秘书 Rose 曾对他穷追猛打，但 Peter 一次次拒绝，把 Rose 做人的希望都快浇灭了，差点儿辞职。纵观公司上下，跟 Peter 走得最近的就是 Jerry。Jerry 是 Peter 的得力助手，二十出头，金发碧眼，阳光帅气，而且也是单身，两人几乎形影不离，为此 Rose 恨得眼泪都快出来了。那么，不用官宣，大家似乎都默认了这对好基友。但两人从未承认过，尤其是 Jerry，整天吹嘘他的泡妞技巧，一时让人摸不着头脑。

马珂倒不在意这个，别人的性取向他从来不关心，最可气的是公关部什么好项目都会落到 Jerry 身上，这显然是 Peter 的私心。论能力、论经验，他都在 Jerry 之上，凭什么好项目从不让他插手。私情滥用到工作上，他最不能容忍。

Harrison 拍了马珂一记，令他一下收回了所有的八卦之心。

Harrison 换上一脸灿烂的微笑，催促道：“上场咯！”

马珂马上也露出一脸灿烂，麻溜儿地跟过去。

一道光从肩膀处直直地洒下来，折射出五彩的光芒。那一刻他好似忽然看到了前程似锦里面的锦，应该就是这般五彩斑斓吧。

那个还沉浸在飘飘云锦里的马珂，又怎会想到这架飞机舱门打开之后他将遭遇的离奇命运。

远处，飞机轰鸣声越来越近，飓力能源公司湾流 G650 商务飞机越过云层，出现在机场上空。Harrison 拉着 Mark 早已殷勤地等在了跑道尽头。

湾流 G650 带着巨大轰鸣声平稳降落，开始缓缓滑行。Harrison 拉着 Mark，走向跑道迎接。

飞机里是飓力能源的贵客，来自中国吕汉煤炭集团公司的代表团。

飓力能源公司到了现任董事长 Chris 这代，在澳洲做生意已经远不能满足他的野心了，把生意做到全世界才是他的兴趣所在。Chris 从小被送到英国伊顿公学念书，家族对他寄予厚望，而自从父亲突然中风他接班以来，Chris 确实给飓力能源带来了新气象。他上任的第一件事就是大换血，原来跟随公司多年的老员工被毫不留情地辞退，新上来的如同 Harrison 这些少壮派骨子里都有着狼一般的嗜血本性。他们勇猛、锋利；他们蔑视规则、无所畏惧。这一切带来了飓力能源井喷式的发展。十多年间，飓力能源在全世界八个国家设立了分公司，从寒冷的西伯利亚到炎热的赤道，都有飓力能源简洁而优雅的蓝色标志。采矿也从传统走向新技术革命，UCG 地下煤炭气化技术代替了传统采煤。飓力能源不只是能源的采集者，更是全球领先的采集技术开发和推广者。Chris 带领飓力能源在短短的十多年间创立了一个新型能源帝国。

中国作为全球数一数二的能源市场，自然是飓力能源觊觎的目标。把生意做到中国去是近年飓力能源的战略方向。能源，对于任何一个国家都是命脉，中国的能源开发是不对外资开放的。而卖点儿煤炭去中国绝不是 Chris 的初衷，他对中国市场有更大的野心，他要做中国能源市场的新玩家。为了这一目标，苦思多年，Chris 终于找到了变通的手段，他提出飓力不做中国能源的开采者，而要做新技术的供给者，为中国能源开采更安全高效，提供最全面、最先进的技术支持和服务。

吕汉煤炭集团公司就是 Chris 进入中国市场的第一级台阶。吕汉，地处中国中西部，煤炭资源丰富，借着国家开发西部的政策，吕汉矿业实现了企业并购上市的几步走。短短几年，就从一个中型煤矿开采企业发展为当地的龙头老大，实现利税三连跳，成为吕汉交口称赞的明星企业。

飓力能源和吕汉煤炭关于 UCG 地下煤炭气化技术引进的谈判已经进行快一年了。环评质检、价格条件、考察研讨，漫长的沟通让 Chris 几乎失去了耐心，只得把这个难题交到了 Harrison 手上。Harrison 不敢懈怠，他知道这件事的成败是自己在飓力能源 CEO 位置上待多久的试金石。

Harrison 在这件事上很依赖 Peter，毕竟他是中国人，和中国人做生意，当然是中国人更了解中国人的想法。《孙子兵法》不是说知己知彼百战不殆吗。在他和 Peter 的共同努力推动下，签约已经胜利在望。这次吕汉代表团来飓力能源考察谈判，几乎是最后一道程序了。

此时飓力能源商务机上除了吕汉矿业参与谈判的几个高层领导和技术人员，更有一位隐身的"大人物"——吕汉煤炭集团董事长的夫人周雯。名义上她是吕汉矿业的中层领导，实际上她有多重要就不言而喻了。

Harrison 有一肚子文章，马珂也顾不得去猜，只满心期待地盯着那架醒目的飞机，脸上的笑容始终都保持一个弧度。这次接待任务他知道非同小可，不能有任何闪失。

舱门终于完全打开，没想到最先下飞机的竟是飓力公司的陪同 Jerry，他正笑容满面地引着其他人下飞机。马珂一看到 Jerry 气就不打一处来，但气过之后他便明白了，显然前期的事 Peter 又都交给这个好基友了。简直过分了！Jerry 一句中文都不会说，却派他去陪中国代表团，这说得过去吗？马珂越想越愤怒，放着他这个中国人不用。如果他去接待，根本不用请翻译！胸腔的小怒火慢慢升腾起来，他强忍着，面上还得挤出微笑。

接着代表团的宋团长和翻译下到了停机坪，后面还跟着几个代表团成员。宋团长是吕汉煤炭集团公司的二把手，此次由他带队来澳洲考察。

Harrison 立即迎上去问候："宋先生，欢迎来到十二门徒，这是我们澳大利亚最棒的景点之一，鬼斧神工！原来有十二块奇石，不过现在只剩七块了。"他说着做了个鬼脸。

马珂赶紧配合地在中间翻译。这是他的优势，他得抓住机会，不能让公司对此视而不见。

宋团长显然和 Harrison 也很熟络，开心道："谢谢你们的热情款待，虽然昨天我们还在谈判桌上你死我活。"

Harrison 热情地大笑："哦，不提了，我们现在最重要的就是享受这美好的海滩。"说完又做出严肃认真的样子，"宋先生专业严谨的态度让我非常尊敬。和中国吕汉煤炭集团合作是我们的荣幸，我们终于快要到达终点了！"

一旁的马珂边翻译边有些莫名其妙，原来谈判已经结束了？看来自以为接手了这个项目，而实际只是让他搞接待，谈判根本没他的份儿，这叫什么事啊！他的心紧紧地一抽，一阵失落感已深深地刻在了马珂脸上。他看了一眼陪同Jerry，那一脸春风得意的样子更让他雪上加霜。看来虽然Peter去了非洲，但唱主角的还是他。本以为Peter调到非洲后，晋升之路开始绽放曙光，弄了半天还是竹篮打水一场空。

就在马珂陷在沮丧与失落中不能自拔的时候，飞机舷梯上走下来代表团的最后两位成员，其中一位气质优雅，秀发一丝不乱地盘在脑后，浑身散发着明媚动人的气息。

如此漂亮优雅的女人引得众人纷纷注目。

马珂瞥了一眼，突地被惊艳到，但下一秒脑中又产生了微妙的变化，这女人竟有几分眼熟。他愣了愣，又觉得不太可能，这可是在十二门徒，想必又是自己大脑凌乱不争气的表现。

女人优雅地走过来，Harrison马上迎了上去，声音透着无比关切："周雯女士，你好吗？感冒好些了吗？"

周雯戴着显眼的钻戒和一条细小的钻石项链，露出高贵的笑容："好些了，谢谢关心。"

这时马珂才近距离看到了这位明媚女子。这一细看，他吓了一跳，当场怔愣住。这不是周思凉吗？可听Harrison管她叫周雯，难道不是同一个人？

Harrison接着说："非常抱歉在你生病的时候还带给你这么多工作压力，但你先生肯定会为我们谈判顺利感到满意的。"

周雯用流利的英语说："是的，他非常高兴，并让我转达他的喜悦。"

Harrison见状立刻感觉大功告成，兴奋道："太好了！但你要保重身体啊。"之后他才转向Mark说，"哦，对了，这是Mark，接替Peter的工作，这两天由他负责照顾大家。"

周雯这才注意到眼前这个头围有点儿大的男人。这一对视不要紧，她吓了一跳。竟然会是他，他们竟然会在这样的场合遇上！

马珂极不自然地冲周雯打了声招呼。他细看之下，这鲜明的五官分明就是周思凉，难道是她改了名字？还是仅仅是长得相似？

这异样的眼神一碰，周雯也明白马珂已认出了她，她掩饰地笑笑，不再说话。

这沉默的一瞬真叫人求生不得，求死不能。两人都无比尴尬地别过头去。

时空停滞的几秒，马珂还在愣神中，Harrison 示意他说几句话。

马珂这才反应过来，一句话不说反而更显得诡异，他忙磕磕巴巴道："……哦，当然，Peter 临时被派去非洲，接下来由我接替 Peter 的工作。"

Harrison 见马珂这么笨嘴笨舌，只好过来打圆场："好吧，咱们去开心一下哈，宋先生？"说完他带着宋团长等人走开了。

马珂又忍不住瞥了一眼这个叫周雯的女人，她比周思凉似乎更加明艳动人，看穿着已是阔太太模样。也许真的只是相像而已，陷在猜测中，竟一时有些唏嘘。

周雯也跟着人群往前走去，和马珂擦肩而过时又忍不住跟他互换了一下眼神——眼前这个男人一点儿都没有变，还是这么愣头愣脑，只是看自己的眼神跟以前完全不同了。

马珂站在原地，愣愣地看着她跟着代表团离开。这背影和周思凉一模一样！往事一幕幕涌上心头，如果她真的是周思凉，他们已快十二年没见了。那段往事不能细想，也不忍回味。

可不管马珂怎么极力回避，内心一个声音分明在喊她的名字。她是周思凉，没错的！身份可以改，但声音怎么也改不了，即便她说的全是英文，也掩盖不了她说话的语调。尤其是她的眼神，那里面有故事，还有许多未曾说出的话。

想到这儿，马珂越发不能淡定了，一些说不清的情愫清晰如昨，挥之不去……

第五章｜心坎儿里留下涟漪

“在飓力能源公司，我们创建崭新的未来……”

十二门徒的豪华洲际酒店里，八个巨大显示屏正在播放飓力能源公司和 UCG 技术介绍片，此刻大屏幕上正展示着崭新的煤矿技术。

奢华的水晶灯下，宾客们都穿着有澳大利亚特色的休闲衬衫，土著演奏者在卖力地吹迪吉力杜。一场高规格的 Party 渐入高潮。

主持人用英文介绍着：“UCG 技术（煤炭地下气化技术）是将地下的煤炭进行有控制的燃烧气化，通过对煤的热作用及化学作用产生可以利用的气体能源，变物理开采为化学开采，从而把有用的成分提取出，将污染物如煤矸石、二氧化碳等废物留在地下，既减少了碳排放，防止了安全事故的发生，又可以生产氢气、甲烷、甲醇等化工用品。飓力能源公司，一个 UCG 技术的先锋，在不损坏矿区地质的情况下燃烧煤层，从煤炭中提取天然气，使操作更加安全和高效……”多个屏幕应景地显示这项技术运作的细节和流程。

“这项技术最大的价值在于它可以成倍地增加煤的开采量，能大幅度地降低污染、减少雾霾，既环保，又提高了采矿的安全性……”

伴着主持人聒躁的连珠炮似的解说，马珂陪 Harrison 周旋在人群中。心跳时而紧，时而松，目光慌乱又焦虑，他一会儿在 Harrison 耳边小声说话，一会儿又在寻找那个曾经熟悉的身影，那样子似乎有些狼狈。

Harrison 心情大好，见谁都像见了亲人般热情地握手寒暄，哪哪都充斥着他爽朗的笑声。

马珂在一边殷勤地介绍：“这位是 Mary Lin，著名歌唱家，十几年前移民澳洲，现在主要做慈善。”说完又转向另一边，“这位是 Beaver 黄，家族做船运生意。”

Harrison 很满意地说：“Peter 还真是请了不少人，没想到你都认识。”

这话颇有歧义，究竟是夸 Peter 还是夸他？马珂客气道：“不算认识，网络或者电视上见过而已。”刚说完这句，只见宋团长出现在人群中。

Harrison 眼尖，赶紧从人群中脱身出来向宋团长这边走过去。马珂见状，也跟了过去。只见宋团长等人正和一对中国老夫妇说话。

看宋团长满面笑容的样子，这对中国老夫妇应该不是什么简单人物。尤其那位男士，应该是个举足轻重的人物。Harrison 马上问："Wow，那人是谁?"

马珂顺着 Harrison 的视线看到了那对老夫妇，便说："他是澳洲华人商会的杨会长，福建人，听说刚做了外公，旁边是他的夫人……"

Harrison 点点头，快步走过去，热情地加入了宋团长他们的谈话："hi，宋先生，今晚还满意吗?"接着又转向旁边的男士，"你好，杨会长，恭喜你做外公喽……"

哈哈，众人都是一团和气。

澳洲目前有一百多万华人，各种各样以城市、省，乃至地区为单位的商会层出不穷。要跟中国企业合作，直接打通华人商会的关系显得尤为重要。Harrison 深知这一套，因此对眼前这位杨会长也相当重视，不用说，华人商会将来也会是飓力的合作伙伴。Harrison 便私下交代马珂，要跟杨会长保持密切的联系。马珂赶紧领命，能让 Harrison 钦点的人也不会是一般人物。

后来马珂了解到，杨会长在澳洲华人圈非常有影响力，每年澳洲华人商会的年会他都是座上宾，而且听说他跟中国资源部的柴楚源部长关系甚密，怪不得 Harrison 盯住了他。只是这样的大人物，Peter 从来不会让他插手。现在倒好了，Peter 去了非洲，Harrison 又亲口说了要他跟杨会长保持密切联系，他倒可以明正言顺地跟大人物接触了。

想到这儿，马珂心底总有些扬眉吐气的感觉。在公司底层待了那么久，今天才算有点儿拨开云雾见月明的意思。

这时，Jerry 不知从哪儿蹿出来，径直来到马珂面前。他拍了拍马珂，笑道："嘿，哥们儿！这地方太棒了！这根本就该是带情人度假的地方嘛！还工作个屁啊！"

马珂对 Jerry 本来就有点儿反感，这位二十出头的外国小帅哥，平时就吊儿郎当的，再加上他和 Peter 走得近，本质上就不是一类人。刚才听他这么说，马珂根本不想接话茬儿。但不说话又显得有些不给对方面子，只好随便说了句："这地方肯定不便宜。"

Jerry 看着他心事重重的样子，有些想笑："及时行乐吧，老兄，你得放松一点儿。"说完又拍了他一下走了。Mark 的心思 Jerry 当然了解，Peter 调走后谁都盯着这个肥差。Mark 是他最大的竞争对手。但他心里明白，Mark 绝对没戏，Peter 看不上他。想到这一层，Jerry 又露出了得意的笑容，扬长而去。

马珂厌恶地看了一眼 Jerry 的背影，这人和 Peter 一样，永远一副皮笑肉不笑的样子，这种人他向来敬而远之。

他把目光收回来，凌乱地四周环顾了一圈，周围一派欢声笑语更显出他的落寞。他举着酒杯，有些不知所措。就在这个当口，他突然在人群中看到了那个熟悉的影子——那究竟是影子还是真人？他稳了稳，一度怀疑自己眼花。

没错，不远处的女人正是周思凉！

马珂看见她拿着手机，一边打电话，一边穿过人群向阳台走去。马珂立即跟了上去。看她打电话比手画脚的样子，情绪显得很激动。但具体说了什么他一点儿也听不清。

他又往前走了走，悄悄靠近那扇离阳台最近的玻璃门。

周雯急促而故意压低的声音伴着海风灌进他的耳朵：

“……你怎么能这么心安理得！我跟你结婚十几年了，每一天都过着……我简直想不到形容词！我求求你，这是最后一次了，否则我会不顾一切跟你离婚！”

听到这儿，马珂吓了一跳，他下意识地身体一晃，玻璃门响了一下。

“你说什么？难道你……”周雯举着手机刚想继续说，便察觉到身后有人，她立刻警觉地挂了电话。就在转身的一瞬，直接对上了马珂吃惊又意外的眼神。

周雯浑身一颤。

马珂见状，知道也躲不过去了，便从玻璃门中走了出来，有些尴尬道：“对不起啊，我过来正好看见你在打电话……”手中的红酒不停地在杯中打晃。

周雯不知他是否听到了对话，忙掩饰说道：“没事儿，打完了。”

马珂笃定地看着她，是的，对面的女人根本不是什么周雯，她就是周思凉！

一时气氛尴尬，两人都不知该怎么继续对话。

马珂故作镇定道：“哦，那个，听说你感冒了，可以喝一杯热红酒，对感冒有好处……对了，我正好买了感冒药，不过忘在房间里了。”

周雯心里一暖：“谢谢！”她知道马珂早就认出了她。

“我这杯红酒是热的，我还没喝，正好给你。”马珂把酒杯递过去，动作是那么熟悉。

周雯接过酒杯，有些恍然：“谢谢你，你还是这么细心。”刚想再说什么，手机再次响起来，她看了一眼来电显示迅速按掉。

马珂一脸尴尬地问："……都还好吧？"

周雯一脸尴尬地回："……嗯，还好。"

她不敢看马珂的眼神，掩饰地喝了一口红酒："这是我第一次喝热的红酒。"她在担心刚才的电话马珂听到了多少。

马珂从那笑容中看到了以前的周思凉——她笑起来永远是这样温柔似水，总会在人心坎儿里留下涟漪。

宴会厅换了一种更抒情的背景音乐，马珂一时有些错乱，他们这是在哪儿，时间又停在了哪一年？

就在此时，一位面色僵硬的不速之客闯进了宴会厅。

侍者忙上前拦住他。那人忍耐着解释着什么，随后脱下外套递给侍者。侍者递给他一条礼品围巾，才让他进门。

马珂一转身恰好看到了这一幕，此人正是Peter。他不是在非洲吗，怎么会突然赶到十二门徒？

周雯也看到了Peter，之前的谈判都是Peter安排的，她自然也明白这时候Peter的意外出现，应该不是什么好事。

"这不是老吴吗，他不是在非洲吗？"周雯面露不安地问。

"是啊……"马珂也不明白发生了什么事。

只见Peter径直走到宋团长面前，打断了他和杨会长的热聊。他神情严肃地和宋先生低语了几句，这一幕也正好被一旁的Harrison看到了。

他怎么来了？

第六章｜杀机暗涌

会场的气氛因 Peter 的到来发生了一丝微妙的变化。

Harrison 看到一脸焦急的 Peter 有些意外。他径直走过去，盯住 Peter 的眼睛问："Peter，我以为你后天才回来呢，怎么提前来了？非洲那边一切都好吗?"

Peter 却格外平静地说了一句："挺好。"

而恰恰是这过于平静的口气让 Harrison 警觉有问题。这个 Peter 从来都是有事必报的，怎么今天跟他打起了哈哈。

Peter 努力掩饰自己的恐惧和慌张，前几天那可怕的一幕还是避无可避地从脑中席卷而来——

那是一间杂糅着非洲和欧洲风格的咖啡馆，飘荡着轻缓的非洲音乐。巨大的风扇在头顶转动，那破旧的样子好似随时会砸下来。

姆祖祖市是马拉维第三大城市，盛产茶叶和咖啡豆。“Sand Cafe ”是这条街上最热闹的咖啡馆，装潢虽已有些破旧，但环境舒适，人们喜欢到这样的咖啡馆谈大事小情。

Peter 眉头紧皱地坐在咖啡馆的角落里。这家咖啡馆他来过多次，但这一次却意外地让人头痛欲裂。

一位四十岁左右的白人坐在他对面，说话的表情有些激动：“……这是犯罪，你明白吗！这样的漏洞会害死所有人！后果是不可想象的！”

Peter 面色发窘，他向来是个按规矩办事的人，Harrison 派他来清理现场，处理后事，他不想节外生枝。见 Tom Backer 情绪如此激动，他只得在一旁不住地点头，但又插不上话，看来现在最重要的是稳住对方的情绪。

他和 Tom Backer 并不熟，只是这次来非洲后才开始打交道，所以对 Tom 的话他也要掂量一下。

“你难道看不出这并非是地震，而是爆炸吗？天然地震是因地下岩石破裂、滑动引起的，破裂面大，而且持续时间长。表现在地震波上，不同方位地震台接收到的地震波初动是不一致的，有的是压缩，有的是膨胀。但人工爆炸的震源过程要简单得多，也短得多，为球对称压缩，所有地震台接收到的地震波初动都是压缩的，而非膨胀。你听明白了吗?!”Tom Backer 越说越动气。

Peter 面无表情地怔住。虽然 Tom 的分析他也不是特别懂，但刚到地震现场时，他确实也看出了端倪，这样的伤亡现场似乎并不像地震，所以内心才会涌出一丝惊慌，但他知道这里面的事他不能插手。现在 Tom Backer 如此肯定，看来这并非空穴来风，但 Peter 并不打算卷入其中，此事非同小可。

此时 Tom 已喝了半瓶威士忌，看起来明显很纠结和气愤。

Peter 警惕地向四周看了看，生怕有人注意到他们这场有些糟糕的谈话。Tom 嘴上不停唠叨这里面有阴谋，Peter 忙劝他少喝点儿，酒后容易胡言，遇到这样的事谁也不想。

等 Tom 稍停顿下来，Peter 马上安慰道："你冷静一点儿，这其中可能有误会。"他始终认为飓力这样的大公司，技术上应该没有问题，现在是要找出里面的其他原因。

但这样的安慰更激起了 Tom 的不满，他生气道："没有误会，全是谎言！欺骗！掩盖！我受够了！"他一饮而尽自己眼前的杯中酒，从身上拿出一张支票，揉成一团扔给 Peter，"还给你！"说完愤然离去。他已看出 Peter 并不想站在他这边，既然如此，他也不想再多废一句话。

Peter 毫无准备地捧着扔过来的纸团，打开一看竟是支票，心凉了半截。看着他踉踉跄跄走出去的身影，心里没了主意。连钱都不要了，看来他的态度已非常坚决。这下完了，又怎么向 Harrison 交代？后面的烂摊子要怎么收拾？

就在 Peter 慌乱无措的时候，有一双眼睛早已盯住了他。

咖啡馆的另一处角落，一个手臂上有明显文身的黑人早盯住了 Peter 和 Tom。就在 Tom 甩手出门的时候，他也悄悄起身，将酒钱不引人注意地留在桌上，便警觉地随 Tom 出去了。

这一系列的动作悄无声息，没有任何人留意。

Peter 把手里的支票一点点铺平，愁眉不展，这钱该怎么办？

他思索片刻，觉得这里面可能真有问题，不然Tom不可能连钱都不要了——80万澳元可不是小数目。这时，他想到了一个人，或许只有他能查清楚里面的真相。

他四下一瞥，拿出手机拨了一个中国的电话号码。他觉得不管自己要不要参与这件事，他都应该先调查清楚真相。Tom的话虽说带着酒气，不可全信，但也不无可信，他要看到的是证据。这么大一个项目，不是谁可以随便下定论的。

电话接通后，Peter立刻说："是高工吗？我是澳洲飓力公司的老吴，上次我去吕汉，您对合作项目有反对意见，能不能给我一套分析资料……对，越详细越好，我想再看一下……对，之后我会跟您联系……"他边说边起身，把支票小心地收进外套口袋里。

几个月前，Peter为飓力UCG技术的合作项目去了一趟吕汉，当时和汉煤公司的董事长钟山聊得非常愉快。但一个姓高的工程师提了一些反对意见，而且情绪相当激动。当时钟总说高工的脑子有点儿问题，他的话不用在意，Peter也就没放在心上。但现在Tom也提出了反对意见，看来这里面确实有些问题。这个高工的手上应该有一些详细资料，从他入手，或许能查个水落石出。

走出咖啡馆，非洲的气息扑面而来。说不清是一种什么样的气息，只觉得浓烈、风情，又有些微微的不安感。

街上三三两两的行人，每个人的面孔陌生又冷淡，有时不经意地对视一下，那表情都不寒而栗，好似隐藏着什么杀机。

不知为何今天他会有这样的感觉。环顾四周，好像又没有什么怪异的人。他收起了手机，摸了摸胸前的口袋，支票还在，他下意识地加快了脚步。

就在路口他准备拐弯时，突然远处街尾一阵急促的刹车声划破天际般刺耳袭来，Peter 还没反应过来，又是一阵猛烈的撞击声，紧接着人们的惊叫声就扑面而来。

Peter 吓了一跳，他本能地站立住，循声望去，有人出车祸了。

突然有一种不好的预感从某根神经跳出来，他快步穿过人群挤到了车祸现场，一个人躺在马路中间，浑身是血。肇事卡车停在旁边，那个黑人司机一脸紧张，正试着跟警察解释车祸的经过。他连连表示对方喝醉酒了，是突然过马路的，他没来得及踩刹车，人就撞上了。Peter 顾不得听那司机解释，赶紧去看尸体——天哪，此人正是跟他分开不久的 Tom Backer!

Peter 浑身一凛。他再次看向那个黑人卡车司机。那司机也看了他一眼，这一眼好似刀剜。他下意识地躲到警察身后。

这时一个警察走过去拿仪器测了一下，又摸了摸 Tom 的颈动脉，摇了摇头："酒精浓度很高，已经没气了。"

Peter 看着这一切，胸口沉笃笃地跳起来，趁着一片慌乱，赶紧仓皇离开……

"Hi——" Jerry 的一声招呼让 Peter 的恐怖回忆戛然而止。

他凑热闹似的走了过来，赶紧递上一杯红酒，有些拍马屁的味道。

Peter 看着 Jerry，好似有一肚子的话要说。

第七章 | Check The Gate

见 Jerry 凑了过来，Harrison 马上搂住了 Peter 的肩膀，面上浮出笑意。Harrison 和 Peter 的私交甚好，这个全公司皆知。

Jerry 略带嫉妒地看了他们一眼，心想自从他进公司以来，Harrison 还从未像这样搂过他的肩膀。

Harrison 哪有空理会 Jerry，他笑着冲宋团长说："你知道的，Peter 是我们的工作狂。非洲地震的事一直都是 Peter 在处理，他很能干。"语气虽和往日无差，但他早感觉到今天的 Peter 有事瞒着他，但又摸不清是什么事。

宋团长微微颔首，笑道："我们中国人都这样，这是中国人的优良传统。"

Peter 找不到说话机会，一时无措。他想再跟宋团长了解一下关于合作的细节。毕竟发生了命案，事情应该没那么简单。他想解开心中的谜团。他知道宋团长明天就回国了，当面再沟通一下可能会更清楚。Tom Backer 出车祸的事，也不知公司的人是否已经知道了，他这才慌忙赶过来。

Peter 不安地四下望去，一眼看到远处的马珂和周雯。跟宋团长说不上话，和周雯说也一样，好歹她是汉煤公司的董事长夫人，也有话语权。他喝了一口红酒，便冲他们那边走去。

马珂见他过来，故作轻松地打招呼："Hi，Peter，没想到你这么快回来。"

不想，Peter 看了马珂一眼并没答话。马珂一脸不悦，这人真不识抬举。

Peter 回头看了一眼宋团长，却转头对周雯说："周女士，我们能否借一步说话?"

周雯被 Peter 的严肃神情弄得有点儿紧张，只好点头，暗想：难道出了什么事?

二人正打算找个没人的地方说话，不想 Harrison 又走了过来。今天 Peter 的意外出现，不仅不跟他汇报情况，一来先是找宋团长，接着又找周主任，显然是跟汉煤合作的事。但 Peter 向来忠心不贰，为什么不第一时间告诉他? Harrison 想想便觉得有些奇怪。

他指了指 Peter 手里的酒杯，关心地说："医生说过糖尿病和饮酒两者不相容，周雯女士又在感冒，你们两个都不该喝酒啊。"

Peter 讪笑一下，心里却并不轻松，他在思量接下来该怎么办。在事情弄清楚之前，他也不想跟 Harrison 透露什么。毕竟之前他和 Harrison 的关系一直不错，在没有拿到证据之前，他也不想轻易在 Harrison 面前下结论。

见众人的面色都有些不霁，Harrison 便试着开玩笑道："看来，我非得学中文不可啦，这样我就不会被挡在对话之外了。哈哈！特别是我们都在一起做生意这么久了，不说中文跟不上你们的节奏了……"

这时 Peter 突然觉得一阵头晕，或许他真不该喝酒，医生也告诫过他，糖尿病人不能沾酒，没想到这一点点红酒他都有些不胜酒力了，看来这段时间身体状况又亮红灯了。

他吃力地说："这桩生意太重要了，所以我才担心我走后 Mark 是否能胜任，他做事总是不够专注。"

马珂听完这话，直翻白眼，心里明白 Peter 就是怕自己抢了属于他的位置。

Peter 只觉得马珂一直在眼前打晃，好几个重影交错而来。他突然觉得连眼皮都快抬不起来了，或许他真的是累了。他看了一眼不远处的 Jerry，又看了一眼 Harrison，眩晕感越来越强烈，一种不好的预感直冲脑门。

马珂正一脸怒气地靠近他想反驳，Peter 一下打断他道："Mark，你记得吗，当年的那次划艇比赛，就是因为你没有 Check the gate，害得我们输了。"

马珂本来就在气头上，现在又听到 Peter 在众人面前奚落他，又尴尬又气愤道："干吗现在说这个……说话也要注意场合啊……"他恨不能马上就给 Peter 一拳。

Peter 却故意大声道："Check the gate，你难道不知道这是比赛前最重要的事吗！"

这突然升高的音量让大家都注意到了这边的争吵，众人纷纷围拢过来。

Peter 并没有停下来的意思，还想继续说。Harrison 见他如此失态，只得直接打断道："Peter，你不该喝酒，你一定很累了，不如明天找个时间你跟我讲讲非洲那边的情况。现在你最该好好睡一觉。"语气充满了劝慰，说着他便揽着 Peter 往外走。这种场合撒酒疯就有些丢人了。他知道 Peter 向来不胜酒力，但见他酒后发飙还是头一回。

Peter 眼前一阵阵发黑，Tom Backer 在"Sand Cafe"说的那些话清晰地从脑中蹿升出来，紧接着车祸场面也跟着跑出来，他的意识越来越模糊……不知突然从哪儿冒出了一股劲，他拼尽全力回头冲马珂说："这个合作非常重要，事关中国，你要记住 Check the gate！你不能有任何失误……"

这是唱的哪一出啊？喝多了吧！马珂不明就里地看着 Peter 被 Harrison 带走。什么 Check the gate，多少年前的糗事还没完没了了，他脑子进水了吧。马珂气得面孔发紫。

Harrison 扶着 Peter 走到外面，把 Peter 交给一个眼神酷酷的透着几分警惕的司机打扮的男人，并嘱咐了他几句，车子扬长而去。

大家看到争吵结束便也跟着尴尬地散开了。爱看热闹的心理即使在这样高档的宴会厅依然会发生得如此自然。

周雯不知所措地愣在了原地。Peter 今天是怎么了，如此失态？

马珂因为 Peter 的奚落，在周思凉面前自觉有些丢人，他气馁地低下头……

第八章｜沉默是会呼吸的痛

十五年前，马珂刚上大二，一场迎新舞会让他对刚上大学的周思凉一见钟情。但马珂老实憨厚的个性根本不敢向清纯如水的周思凉表白。直到那年举办了一场校园歌手大赛。外向活泼的周思凉被选为女主持人，正好马珂是学生会的干部，也爱唱歌，就让他当了男主持。一场比赛搭档下来，两人竟默契十足。马珂忘词的时候，周思凉总能巧妙地提醒；周思凉说错名字的时候，马珂又能完美地打圆场。那次主持之后，马珂终于大着胆子对周思凉山盟海誓地表白了一番。

周思凉那时心思单纯，她觉得马珂为人可靠，对她又体贴照顾，当男朋友也不赖。就这样两人谈起了校园恋爱。

在这场恋爱中，马珂更为投入，头一次谈恋爱的他把思凉捧在手心里，大事小事他能为思凉做的全做了——小到食堂买饭、打水，大到交学费、选哪些课，他全替思凉包圆了。同学们都调侃他俩就像一对小夫妻，日子过得那叫一个踏实，羡煞旁人。

在马珂心里，周思凉就是当老婆的不二人选，这个信念一直支撑到他大学毕业。

那时周思凉想出国，想去澳洲留学。一向对出国不感冒的马珂，为了她苦学英语，各种出国的考试他全参加了。既然思凉想出国，那他也不能落后，他还得先去打前站。

就在马珂通过考试，联系到学校后，周思凉这边却发生了一段插曲。

大三那年，周思凉过年回老家，在一次朋友聚会上，她认识了一个男人。

男人大她五岁，长得一表人才，眉眼五官气质都要比马珂更吸引人，再加上又是公务员身份，年纪轻轻已当上了局长秘书，仕途一片大好。男人对周思凉也是一见倾心，认识后就对她发动了猛烈的追求攻势。什么九十九朵玫瑰、什么当街跪地求爱，电影里发生的浪漫情节周思凉都经历了一遍。这种经历完全与马珂爱心便当式的爱情完全不同。她有些心动，但又觉得有了马珂不该对其他男人有想望，几次狠心拒绝了男人的求爱。

怎奈男人认定了她，每天鲜花攻势，令她招架不住。她一直渴望过上像电影一般的生活，现在这种生活扑面而来，叫人一时不敢相信。尤其是那天，当母亲突然在家晕倒，父亲又外出，周思凉惊慌之下只好打电话跟男人求助。男人立刻开车把周思凉的母亲送到了医院，并马上垫付了医药费。母亲是高血压引起的脑溢血，需要马上进行开颅手术，可这样一项大手术，附近的这家医院根本做不了。院长推荐了省医院的主刀医生，但就得花钱去请。男人二话不说马上找关系开车去接人，请医生花了一万块，第二天就顺利做了手术。

男人救了母亲一条命，这事如果放在马珂身上，她不敢想。人脉、关系网、医药费、车……这些东西离马珂都很远，一个大学生怎么可能拥有这些。

周思凉的心完全被这个英俊又果敢的男人征服了。父母除了感激更多了一份认定，眼前的这个经济实力雄厚又一表人才的男人才是女婿的最佳人选。

“错过这个钟秘书，你会后悔一辈子的。像马珂这样的男人很多，但钟秘书只有一个。”母亲几次跟她谈心，话里话外已认定了这个女婿。

周思凉纠结了半天，她不知道该怎么跟马珂开口。

就在马珂飞去澳洲的前一晚，周思凉做了一桌子菜。下了几番决心，她都没透露一个字。分手这话她实在说不出口，尤其是看着马珂一脸真诚又依依不舍的面孔。马珂是个好男人，但和钟秘书一比，确实还是有差距。不光是外表的差距，经济实力、成熟度都不是一个级别。

当时她想，等马珂去了澳洲，两人不在一起了，有些话才有可能说出来，等那个时候再提吧。

后来周思凉大学毕业后就跟钟秘书结了婚，从此改名周雯。她想过一种全新的生活，忘掉过去的一切……

马珂知道后，当场剃了光头，在校园里疯跑，那种撕心裂肺的痛令他多年后都不曾忘记……

时光轮转，现在周思凉又来到了马珂面前。马珂还是那个马珂，周思凉却成了周雯。从内到外，她都有了天翻地覆的变化。

而她和钟秘书的故事，又岂止是三言两语能说得清的。

或许她这辈子最后悔的就是太虚荣，虚荣会让一个女人吃尽苦头。

一段婚姻不是拥有了十全十美的男人就可以幸福的。在物质极大丰富之后，精神上的空虚和价值观的落差会让两个人渐行渐远。

这才是婚姻的致命伤。

夕阳西下，走在细软的沙滩上，霞光将两人的表情掩住，可心底的柔软彼此都能感觉到。

周雯紧裹着披肩，故意跳开往事，提到了 Peter："一直觉得老吴挺 Nice 的一个人，没想到会对你这么凶。你一点儿都没变，还是这么老实巴交。"回想今天白天的情形，周雯微皱眉头，今天老吴的态度好像有些反常。

马珂一脸窘色："当年是我的错，赶上毕业答辩，也是忙晕了，比赛前忘了 check the gate，就是检查船桨锁扣……后来，我不知道怎么面对大家，就退出了比赛。其实挺舍不得的，我们划艇队都是中国留学生。Peter 为这事瞧不起我，说我是叛徒。"

周雯笑笑："那也不至于挤对一辈子吧，而且还这么不分场合。"她觉得今天 Peter 也是有些过了。

马珂叹了口气："飓力公司就我们两个中国人，他大概一直把我当成假想敌吧。这个比较复杂，华人在外国公司有天花板，中层还好，想要进入高层就特别难。进去了也说不定是为了平衡种族，你知道西方那一套。Peter 也是怕我顶了他的位子，其实他想多了。”

周雯理解地笑笑说：“还以为你当了外国人后就没有这些办公室政治呢。”

马珂有点儿急道：“我可不是外国人，虽然在这边住了十二年了，但还拿着中国护照，现在还在排队申请 PR。”

周雯也叹了口气：“一晃十多年了，时间过得好快啊！现在国内可是日新月异，和原来完全不同了。”

马珂点点头：“是啊，全都不同了，连你都改名字了。我当时在中国代表团名单上看到你的名字，又怎么会想到是你呢，直到在机场看见你时吓了一跳。”

周雯忽然直视着马珂说：“因为我不想听别人像你一样叫我。”

此话一说，两人之间的气氛有些微妙变化。

马珂躲开了她的眼光，叹了口气道：“……其实，你当年跟我分手是对的，你看现在，你先生多厉害，大领导。”

想想自己那个时候，无时无刻不想给周思凉创造一个完美的家庭而一门心思地努力着，却根本意识不到这并不是她真正需要的。他不知道他们之间的缺憾在哪儿，他以为他只要一直不懈地努力着，就一定能有好的结果。那个时候人就是这么单纯而执着，那时的自己在周思凉眼里或许就是个傻瓜吧。马珂有些落寞，往事总是不堪回首，却又时时提醒你它的存在。

周雯也叹了口气：“他早不是什么领导了，裸退去了国企，算是商人。”

当年钟山裸退去国企，也是他们之前都没想到的事。钟山短短几年时间，从秘书升为副局长，从正处转为副局，再到后来的正局，可谓火箭式提拔。他也成为了吕汉最年轻的局级干部。所有的人都羡慕周雯找了这么一个好老公，这以后的日子就等着享尽荣华富贵了。

可就在这个人人称羡的当口，钟山突然被调去了吕汉煤炭公司担任董事长。一个如日中天的局级干部一下变成了商人，这种地位的落差钟山有些不能适应。况且谁都知道汉煤不是好干的差事。这家公司年年亏损，派他过去，也是希望能扭亏为赢，令公司起死回生。这一年，对钟山来说是个转折点，对周雯来说更是经历了一次重创。

马珂的话打断了她的思路："那也是大商人，比我强多了。你说你不能过那种每天买菜做饭、一眼看得到头的日子，可我，也只有这点儿本事……"

周雯怔了怔，当年说的分手的话他竟然还都记得。沉吟片刻后，她说："当年我不懂事，觉得一辈子就该过得像演电影一样精彩。其实电影又怎么可能和生活画等号呢……"说完自嘲地摇摇头。

那个青葱岁月，她喜欢刺激，拒绝平庸。马珂对她无微不至的照顾和付出，她无可挑剔，但骨子里的叛逆一直在隐隐跳动。她把爱情看成了惊天地泣鬼神的东西，没有天崩地裂、山盟海誓，没有千回百转、海枯石烂，怎可称得上"爱情"两字。马珂给她的不温不火、细水长流的日子，太过平淡，这样的人生一眼看得到头，就仿佛有一根无形的绳子在勒着她的脖子，让她喘不过气。所以，钟山才能闯得进来。她无法违抗内心的声音，义无反顾地离开了马珂……现在想来，人都是要为自己的叛逆买单的，这一切都是咎由自取吧。

马珂也跟着干笑一下：“我儿子八岁了，现在都跟我谈失恋了，你呢?”

周雯苦笑一下：“我没有孩子，怀过一个……后来流产了……再后来一怀上就习惯性流产，索性就不要了……”

看得出周雯脸上的痛苦，马珂将目光收回来。

女人生孩子就是在鬼门关走一遭。当年 Judy 生孩子的时候也不是顺产，开了三指后，宫口扩张反而慢了，开不到十指，孩子愣是生不下来，最后没办法只好剖腹，等于受了两轮罪。Judy 后来后悔说还不如一上来就剖腹，省得受这么大的罪。

周雯看着海面，回想那年怀孕流产的前前后后，眼眶不觉酸涩了。

跟钟山结婚后，他忙着仕途，周雯年纪也轻，两人一直没要孩子。后来钟山调到汉煤之后，周雯也快三十了。生孩子的计划也提到日程，钟山一直喜欢孩子，还要周雯至少生三个。那一年，她刚怀上孩子没几个月就赶上了矿难，煤矿发生了瓦斯爆炸，事故夺去了十几条生命，还有十余人被困在矿底。钟山组织人员去营救，结果赶上瓦斯二次爆炸，自己也跟着被困其中，生死未卜。那几天，周雯疯了似的天天挺着大肚子去到事故现场，生怕钟山救不出来，从此阴阳两隔。

幸好省里派了救援队马不停蹄地组织营救，最终救出了九个人，等钟山被送往医院的时候，周雯也不幸流产了……那场矿难之后，周雯又怀过两次，都是习惯性流产，不到三个月孩子就掉了，恨不能打个喷嚏孩子就没了。钟山总埋怨她不小心，可她委屈，自己明明小心又小心了，就是保不住。医生说什么黄体功能不全、甲状腺功能低下、宫腔粘连，再加上自身免疫力不行……总之，她就是没有当母亲的命。想到这些，她还是把到嘴边的话咽了下去，这些事又何必在马珂面前提呢。

马珂看着周思凉的背影，犹豫一下说：“……今天在宴会上我听你打电话，他，对你不好吗？”

这话正问到了痛处，周雯一时不知如何回答：“……嗯，有点儿复杂，呵呵，家家有本难念的经吧。”说着眼眶倏地热热的，她抬了抬脖子，愣是把眼泪吸了回去。

没了孩子，钟山也不再强求，把周雯晾在了一边，重心全转到了汉煤上。这个老企业如果再这么发展下去，必死无疑，到那时候不知多少人会看他的笑话，在吕汉他的影响力也会一落千丈。那几年，钟山把心思全用在了改造汉煤上，一直在家当太太的周雯眼看着与丈夫渐行渐远，她知道如果再不采取点儿措施，他们的婚姻就会走到尽头。况且这些年关于钟山的花边新闻也从未停过，多少女人想往他身上扑。周雯便提出进公司帮忙，不想天天无所事事在家当主妇。钟山确实也需要帮手，并没有反对。于是周雯成了现在的周主任。忙前忙后了这些年，眼见着汉煤慢慢走上了正轨，不想罪恶之手却悄悄地伸来了……

周雯停下了脚步，往事不堪回首，一切都回不去了，钟表可以回到原点，却再也回不到昨天。

马珂见周雯严肃的样子，知趣地没有再问，他隐约觉得这里面有事情。

两人都默不作声。

马珂捡了一块海边的石头，笑笑：“你看这块石头又圆又大，像不像我的脑袋？”

周雯配合地笑笑：“像，就是没你脑袋那么大。”

又是一阵静默。

好一会儿，周雯看了一眼马珂说：“那天在机场看见你也吓了我一跳……没想到你头发这么短了。”

马珂讪笑道：“……分手后我就剃了光头，后来头发稍长长点儿我就给剪了。以前是因为你，非叫我小马哥，让我留周润发的长头发……”

周雯陷在回忆里：“我还送你一件长风衣，天天逼着你穿……”

马珂当然记得，俩人都笑了。这笑里多少有些苦涩。

周雯打趣道：“……再来一个。”

马珂抬眉道：“小马哥？”

周雯不住地点头。

马珂无奈地笑笑，说着就开始活动筋骨，模仿小马哥的动作——他潇洒拔枪，一个转身，吧嗒一声，手机却被甩到石头上，屏幕瞬间磕碎了。马珂也跟着踉跄摔倒……

周雯笑着赶紧把马珂扶起来，他好似还是当年那个能逗她开心的傻小子。

马珂自知模仿失败，有些颜面扫地的意思：“又在你面前丢人了。”

周雯只顾笑：“谁身上还没点儿笑话，咱俩半斤八两。”

马珂还没张口，周雯就抢先过去捡起手机还给他：“害你把手机摔坏了，回头我送你个新的。”

这话马珂听来却并不舒服，他低头鼓弄手机，自嘲道：“不用，修修就行。”

周雯看看马珂，有些神情复杂：“……其实，这么多年，我一直欠你一句话——对不起……”

马珂听到这句，心里一咯噔，手里的动作渐渐停了下来，一时无措。

周雯怔怔地看着他——如果可以重新选择，她一定会选面前的这个愣头磕脑的平凡男人，只是生活中从来没有如果。弦寂音落，谁又能逃得过宿命？

两人都沉默了。

此刻，沉默就是会呼吸的痛。

回到酒店，已是深夜。

马珂坐在床边，看着手里的几种感冒药，有些纠结。

送还是不送？这时送过去，似乎时间有点儿晚了；但不送过去，他整夜又会不安，毕竟她的感冒还没有好。

就这么傻愣愣地坐在床边好一会儿，都下不了决心。马珂最恨自己做事的犹豫不决。

房间电话就在此时响起，马珂一激灵赶紧接起来。

没想到正是周思凉打来的。这算心有灵犀吗？

马珂又觉得自己想多了，赶紧冲着电话说：“……好，药我给你送去。”

从他的房间到周思凉的房间只需几步路，但他在走廊里走了好久，每走一步都在想进到房间后的情形。说实话，他不太敢进，于小然的眼睛好似就在跟前，盯得他脊背发凉；但他又想进去，这么多年没见了，哪怕再多待几秒他都愿意。

终于走到房间门口，他抬起手想敲又不敢敲。敲还是不敲，他又纠结上了。当他再次抬起手想敲时，门却突然打开了。

马珂吓了一跳，赶紧又故作镇定地把另一只手抬上去：“这是你要的感冒药。”

正当他递出药时，正当他还在犹豫要不要进去时，周雯却一把抱住了他。

马珂彻底慌了：“思凉，我……”

周雯笃定又深情地看着马珂，认真地说：“请给我一次道歉的机会……”说着就吻了上去。

马珂完全崩溃了，现在的情形是他无论如何也没有设想到的……令他更没想到的是，就在走廊的另一头，Jerry 正从房间里探出头，把客房的餐盘放到门外。可就这一转身，他竟看到了两个拥抱在一起接吻的男女，再仔细一瞧，正是周雯和 Mark，还真是一出好戏啊！Jerry 目不转睛地看着二人拥吻着进入周雯的房间。他会意地笑笑，带上了房门。

他一直以为像 Mark 这种老实巴交的中国男人对风花雪月那套免疫，哪想到人不可貌相，他连金主的老婆都敢勾搭，这胆量气魄比他还深一层呢。中国人果然表里不一，他算见识了。今天一天还真够戏剧性的——白天，Peter 就已经让他大感意外了，头一次见他如此失态，要知道他可是全公司最绅士的男人；晚上，Mark 又让他大跌眼镜，本以为全公司最老实的就是他，没想到他竟是色胆包天。唉，中国人真是不可貌相。

夜风柔柔地吹进来，树在风中摇曳舞动。

头一次在这样的夏夜，任凭微凉的夜风肆无忌惮地吹进来，吹得床边的白窗纱一漾一漾地凌乱起舞，更吹乱了他的心。

马珂本想去关窗，但怀里是温柔的周思凉，看着她香甜入睡的样子，哪舍得吵醒她。光影在他和周雯身上涟漪，相拥而睡的两人谁也不愿意醒来。

片刻，周雯迷蒙着睁开眼睛，像是在辨认一切。忽然，她反应过来，一把抓起床头柜上的手表，才发现手表旁边的电话线不知什么时候已被拔了出来，她嗫嚅道："糟了……我要误机了。"说着她拉着被单裹着自己跑进厕所。

马珂见状也跟着清醒过来："没关系，我送你……"

周雯立刻换上了衣服："不行，我不能让任何人知道我们昨晚在一起……"

马珂没找到自己的衣服，只好拿周雯的衣服挡在身前。这一清醒过来，他立刻意识到自己做了一件伤天害理的错事。

"你别急，万一误机，公司可以重新安排飞机，我们公关部有这个权利。"他边说边厘清思路。

周雯匆忙套上了外衣，抱着化妆品从卫生间走出来，边收拾边拿起手机开机："……真不该关了所有电话……天哪，有二十个未接电话，估计他们要疯了。"她草草收拾行李，一把抓起马珂挡在身前的衣服，捡着地下扔了一地的衣服、鞋。

马珂早已从周思凉男友的角色变回了于小然的老公，他极不自然地又拿起枕头挡住自己赤裸的身体。

周雯这才想起回他的话："别别，我不给你打电话就是没问题，你千万别自做主张安排什么飞机。"说着她拉着行李，匆忙踩上鞋子。

就在走到门口时，忽然她又站住了，回头看着马珂，一脸的不舍。她不知道下次见面又会在何时，甚至她在想还有没有下次。不知哪来的冲动，她又突然跑过去和马珂深情拥抱："我真希望我能不走！生日快乐，小马哥……”

马珂怔愣住：“你还记得……”

“从没有忘记过。”说完，周雯毅然决然地拉起箱子走了。

马珂看着她忽然远去的背影，心底的那种熟悉的痛又来了。

关上房门的重重那一声响，让他的手彻底一松，胸前的枕头滑稽地滚落到地上。孤独地坐在巨幅莎乐美的装饰画前，他把手指郁闷地抓进头发里。昨夜的一切如同一场梦，倏忽而来，却又戛然而止……

第九章｜内疚的欢愉

失魂的马珂都不记得自己是怎么从周思凉的房间里走出来的，又怎么收拾好行李开上车的。此刻他驾车沿着海边公路往墨尔本疾驰。脑中循环往复的并不是车里老掉牙的音乐，而全是周思凉的脸。

倾盆大雨，海浪滚滚。这突如其来的雨，重重地打在玻璃窗上，他竟浑然不觉。当视线越来越模糊，他才惊醒着打开了雨刷器。

一遍一遍回味着昨晚浓烈似火的吻，他恍惚地开车前行。

雨势渐紧，滂沱而来。挡风玻璃上哗哗的雨水兜头倾下，雨刷器快速摆动，他心乱如麻——昏暗灯光下，周思凉美丽的长发和脸庞……两人的身体满是汗水，纠缠在一起……

他忍不住叫了一声："思凉——"

却没有任何人回答他。

开了四个多小时，回到墨尔本已是傍晚。在一处离市中心稍远的独栋别墅前，车停了下来。下了车，马珂才意识到雨停了。

他深吸一口气，刚想走，又想起了车上的东西，便又打开车门抱着那块又大又圆的石头往家门口走。

敲了敲大门，没有任何动静，难道这个时间点 Judy 已睡了？马珂笨重地一手抱着石头，一手掏钥匙。

打开门，屋间里一片漆黑。他抱着石头纳闷，今天什么情况，睡得也太早了吧，这才几点？Judy 向来比他还夜猫子，今天怎么了？

这时，突然灯亮了，伴随着热闹的欢呼和纸喇叭声，还有漫天飘舞的彩带，众人齐声道："Surprise！Happy Birthday！"

Judy、邻居朱朱和老王夫妇、同学老六、Judy 的闺蜜 Angela，还有教会的朋友 Maggie，一班朋友热烈地迎接马珂。

马珂彻底蒙了，抱着石头愣在了七彩灯光下。

Judy 这才发现马珂怀里的石头，她走过来夸张道："我的天，这是什么？"

马珂吞吞吐吐道："……这是礼物，十二门徒的石头。"

Judy 愣愣地问："捡的？买的？"

马珂傻笑一下："噢……买的。"

Judy 接过石头："不便宜吧，这么圆。"

"还行。"马珂低下头，头一次觉得脸上有点儿发烧。

Judy 白他一眼："你可真行……还花钱买石头。呵呵，好吧，谢谢土豪。"她知道马珂向来有些小抠，他总说要留点儿财产给儿子娶媳妇。每次 Judy 都笑他杞人忧天，今天却会抽疯似的买块石头。

马珂见 Judy 用回了惯常开玩笑的口气，这才放松下来。他环顾客厅，本就不大的屋子因为一下子来了这么多人，似乎有点儿拥挤，他尴尬地说："我放门口吧，镇宅。"

大家都笑起来，没有人注意到马珂脸上的不自然。

放下石头后，马珂一进屋，Judy 就递上了礼物："快打开，看喜不喜欢?"

马珂打开一看，竟是一张闯红灯记录照片和罚单。

他疑惑道："这是什么?"

他知道 Judy 向来喜欢搞恶作剧。记得去年的生日礼物，Judy 做了一个电影道具，还故意藏在礼盒里，等他打开后，差点儿没吓死——那是她用拍电影的材料做的人头，那逼真程度足已让人几天几夜睡不着觉。这就是他老婆于小然，他永远找不到一个固定的词汇去形容她。

Judy 打趣道："生日礼物，闯红灯罚 490 澳元!"

马珂还没反应过来，大家又笑成一团。

在厨房忙活的老六终于忍不住说："我真服了你们俩了，送礼都这么有创意！真是一家人!"

老六自己是烤串店的老板，自然厨艺了得，几个主菜还都得他掌勺。他跟马珂是研究生同学，两人当年一起租房子，同甘共苦过，称得上是穿同一条裤子的兄弟。所以每年生日，老六必是座上客，当然他的厨艺也决定了他的不可缺席。

别看老六自己是厨师，却一点儿没有厨师的宽度。别的厨师浑身上下哪儿都是圆的，他不是。每天有空他就往健身房钻，虽没把八块腹肌练出来，但至少保证肥肉没有肆无忌惮地跑出来。

Angela 打趣道：“人家这是秀恩爱啊。”

Angela 是 Judy 的学姐，两人兴趣相投又聊得来，一晃都认识十几年了，好得跟姐妹一样。Angela 留着齐肩锁骨发，穿着优雅的米色套裙，永远一副知性女人打扮。

还单身的 Maggie 受不了了：“你们怎么就不考虑一下我这个单身狗的感受啊!”

Maggie 三十九岁了，一直单身，刚拿到 PR 才来澳洲一年多。她来澳洲的目的非常简单，就是找个男人结婚，能找到老外最好。教会的朋友都说她性格直爽，思维简单，适合找老外。在国内，超过三十五岁的大龄剩女，找对象的概率基本为零，更何况像 Maggie 这样姿色平平、身材又堪忧的大龄女。在国内时，大家都嘲笑她是“齐天大剩”，从那时她就发誓，一定要找个男人脱单!

Maggie 的一个闺蜜，到澳洲后半年就找着老公了，这让她义无反顾地办了澳洲移民。她放弃了北京的高薪工作、衣食无忧的生活来到澳洲白手起家。要知道在这之前，她可是个连远门都没出过的宅女。

到了澳洲，她就报了一个婚介中心，1500 澳元管半年，将近九千人民币了。她也豁出去了，如果能找到老公，这点投入都不算什么。婚介中心半年时间给她推荐了七八个人选，但基本都是五六十岁的老头，要么谢顶，要么啤酒肚，体重至少二百斤以上，身上所有的肉都往下垂着，看这些人的照片都没有欲望去见。最后在中介的催促下，Maggie硬着头皮见了四个，感觉都很差，有的一上来就要跟她发生关系，美其名曰先试婚，她马上就拒绝了；有的问她经济是否独立，是否需要对方养，工作薪水如何。像她这种在餐馆打工的，老外一听就不要了。她更来气了，怎么老外跟中国男人一样现实？

婚介中心还把她数落一通，说她这么东挑西挑的不可能找到老公。还说她也见了这么多了，要再往下见就得续费了。1500澳元才见了四个人，简直太黑了！看来这边的婚介中心跟国内的婚姻介绍所一个德行，都是骗钱的。Maggie跟他们大吵一架就退了会员。

相比较，还是朋友介绍靠谱些。教会的朋友比较热心，前一段刚给她介绍了一个华人法医，刚约会了两次，感觉还不错。本来这次她也想把他叫来，但又觉得毕竟还没确定关系，有些唐突，也怕在朋友面前尴尬，只悄悄和Judy说了。

Judy听Maggie这么说，便故意调侃道："我好像看到单身狗正在约会噢，什么时候也带过来我们把把关？"

Maggie脸红道："八字还没一撇呢！"

朱朱在一旁起哄："Maggie，你可要快马加鞭啊，现在的男人就像食堂里的剩菜，你去晚了还真没有了，等你好消息哦！"说着又冲Judy摸着肚子说，"快快，准备吃饭吧，都快饿死我们了！"

老王白她一眼："你就知道吃，昨天不是还听你嚷嚷要减肥吗！"

老王中等个头，四十出头，精瘦精瘦，总是督促朱朱要适当减点儿肥。

“与其越减越肥，还不如不减。我管住嘴，迈开腿又怎么样，还不是又胖了一公斤。”朱朱满嘴都是理，谁也说不过她。

朱朱对自己的身材自我感觉还好，跟外国人比，她根本就算苗条的，顶多算是微胖界女神；跟 Maggie 比，她还不错；跟Judy比，也就胖了那么一点儿，所以每次聚会要拍合照的时候，她尽量跟 Maggie 站在一起。女人都爱在这方面花点儿小心思。

朱朱和老王这一对欢喜冤家总喜欢拌嘴，打打闹闹快半辈子了。有时还跑到马珂家评理。Judy 只能当和事佬左劝右劝。有时 Judy 和马珂闹别扭了，也会跑到朱朱这儿诉苦，谁让他们两家离得近呢，远亲总不如近邻。

“好啦，开饭啦——”Judy 一吆喝，大家赶紧摆好餐桌，一道道丰盛的中式菜肴齐刷刷地上桌，中间点缀着一个偌大的生日蛋糕，看样子是花了心思了。

马珂看着心里一阵感动，这感动里还有一丝丝的愧疚。也许昨晚他们在准备菜肴的时候，他正和周思凉翻云覆雨，想想面孔又有些烫了。

此刻，客厅的电视正在报道在阿姆斯特丹举办的大师杯世界划艇锦标赛，矮人队于最后 0.1 秒神奇反超，时隔十二年再度夺冠，全场队员感动落泪，并称最后夺冠的时刻是“历史性的 0.1 秒”。

朱朱从电视机边走过来，边摆筷子边冲马珂开玩笑道：“Judy给你打了一路电话，你也不回，我们都以为你让坏人拐走了呢。”

马珂愧疚地掏出碎裂的手机，胡言乱语解释道：“……昨晚上我的手机摔石头上了，屏幕看不清了。能听见响，可接不了电话。”

这时，Judy 从厨房走出来叹气：“你呀，真不知说你什么好。”说完，她变戏法似的拿出一部新手机，“给，生日礼物！你是不是偷看我的信用卡账单了，知道给你买了新的，就摔了旧的。”

众人哈哈一笑。

马珂却一脸认真地说：“真没有啊……”

Judy 被他发窘的样子逗笑了：“跟你开玩笑呢！你那个旧的我明天去修一下，以后就给 Daniel 用了。”

马珂这才想起他们的儿子，忙问：“Daniel 呢？”

Judy 边开红酒瓶边说：“你儿子失恋了，正郁闷呢……”

马珂接过红酒，好笑地摇摇头：“和 Lila？”

Daniel 八岁了，这几天正为失恋茶不思饭不想，现在的孩子真不可思议。想想自己八岁那会儿，弄不好还尿床呢。

Judy 笑着点点头。她对孩子的教育方式一向开明，不想当什么虎妈狼爸。中国式家长的那种不给孩子留余地的做法，她向来不认同。如果在国内，八岁孩子跟家长谈失恋，估计一巴掌抡过去都有可能。但 Judy 不会，孩子有自己的情感世界，这种美好的情感她不应该去抹杀。

马珂这方面也和 Judy 契合，他小时候没少挨父母的打，打压式教育他是最反感的。两人在教育孩子方面高度一致，还从没为这个事红过脸。朱朱就不同，她和老王经常为孩子的教育问题争论不休。一个提倡中式教育，一个坚决拥护西式教育，动不动就吵个脸红脖子粗，每次都让马珂和 Judy 当裁判。Judy 的态度是不管中式西式，必须首先尊重孩子的意愿。朱朱却说，孩子才几岁，他们的价值观没有形成之前，根本谈不上什么意愿。所以说，各家一本教育经，谁也不好打岔。

Judy冲卧室喊了一声："Daniel吃饭啦，赶快出来给爸爸过生日！"

老六端着菜过来，看了一眼红酒，啧啧道："2000年的，够隆重的啊！"

Judy笑笑："Mark又不会喝，这是给老王庆祝。他刚接了个大Case，市政厅翻修工程。"

老六睁圆眼睛："是吗，厉害啊！"

这时，一边的老王谦虚地插话道："只是一部分，就是线路改造什么的。这还得谢谢Angela，她告诉我招标消息的。"

老王老实巴交的，做工程出身，长得比马珂还要憨厚实在。

朱朱笑道："可不是！Angela，哪天我请你吃饭，单独谢你。我们家老王多亏你了。"

能接上市政厅的翻修工程，朱朱做梦都没敢想。老王嘴笨，又不够圆滑，即使技术好、服务好，也没太大用，华人的机会就是少。但这次竟然意外中标，简直让人喜出望外。以前在家里，朱朱绝对是女王，但这次老王中了标，在家的地位好像一下翻身了，说话底气都足了。他们两口子当然明白真正立功的是Angela。

Angela帮忙点蜡烛，急忙摆手："NO，NO，NO，千万不可以。招标消息都是公开的，我就是提醒了一句老王可以参加而已。"

Angela做事向来认真谨慎，这也与她一直在市政厅工作有关。那种政府机关，说话办事都得格外小心，有时一句话不对，可能工作就没了。像招标这种大事最敏感，她也只能点到为止。

老六提醒说："朱朱，你可别害人家 Angela，人家在市政厅干了十多年了，说不定哪天竞选市长呢。"

他虽是玩笑话，可他真心这么想的，凭 Angela 的能力和人品，当市长都绰绰有余。两年前 Angela 离了婚，老六自己的太太也因病去世，他心里也曾偷偷打过主意，但 Angela 从各方面都比他优秀，人家是博士，又在市政厅身居要职；而他，一个烤串店的小老板，生意还不是特景气，确实有些高攀。想想这些因素，他也只好作罢。曾经马珂也想过撮合他跟 Angela，但都被老六拒绝了。人贵在有自知之明，他心里有数。Judy 还曾想过把 Maggie 介绍给他，但老六也拒绝了，谁叫他心里只有 Angela，其他的人一概不走脑子。

Angela 马上认真地说："开玩笑，那是不可能的。"虽说也曾有过华人竞选市长的，但女市长还真未听说。即使她能力再强，也没这个野心。再过两年就四十了，心气早没那么高了。

在澳洲，华人从政的机会特别少。澳洲 5% 的华人虽已达到了一百多万的人口，但在澳洲政坛几乎没有一席之地。华人虽然自淘金时代就在澳洲，但是碍于文化差别、语言障碍，至今华人习惯以中国的地域方式进行抱团，组成了各种地区商会。但大多商会都是利己至上，至今老一代的商会不是以政治杠杆力的方式聚集在一起，这就造成了政治影响力的明显不足。在行业价值不明确的组成结构下，华人商会比起西方的商会地位差别非常大。在澳洲的价值观体系下，政府愿意对一个行业进行沟通，而非一个政客或者某一企业。单纯拥有一堆人的支持，而非一个行业的支持，就会出现"伪候选人"。这些"伪候选人"并不了解行业政策，也没办法提出集中的政治诉求，无法集中发力，这就意味着华人在澳洲实现民选从政就比登天还难。

目前中澳关系不断升温，大环境是好的，但要以澳大利亚的方式进入主流社会，提高华人在澳洲的地位，就要付出更大的努力。澳联社曾预测，五年之内，华人商会将会打散重组，否则华人从政就会不断地遇到瓶颈。无论现在的结果如何，未来几年内，华人群体必将意识到不破不立的社会现实，重组或许是唯一可行的办法。2021 年新州大选和 2022 年联邦大选之后，华人群体也必将受到重组的挑战。但是否能真正重组，这里面的利益纠纷谈何容易。

另外还有一个重要因素，澳洲政府规定只有澳大利亚公民才可以拥有选举权，许多华人并不想放弃中国国籍，只是在澳洲申请永久居留权（PR），并不申请澳大利亚国籍。因为 PR 和澳大利亚国籍在澳洲的待遇除了选举权外基本没有差别，这样的结果就导致，澳洲虽然华人很多，但拥有 PR 的占绝大部分，而这些人都是没有选举权的，华人从政的机会当然就会少之又少。

正因为了解到这些，Angela 才没有那颗从政的心，即使她现在已经是澳大利亚国籍了，但仍不想操那个心。女人从政无异于鸡蛋碰石头，何必自找难堪呢。

“市政厅怎么突然想起翻修了？”老六随口问道。

“听说下个月，中国资源部长会来访澳，市政厅老楼比较旧，里面的一些线路确实也不行了。”老王解释。

“中国资源部长要来访澳？怎么没听说啊？”朱朱插话说。

“也都是听说，有的说可能下个月，也有的说可能下下个月，谁知道呢。”Angela 也只能透露这么多。这种国家大事，谁也不敢说。

朱朱走过来，笑道："现在中澳关系越来越好，我估计那天会有大场面。我猜至少会搞一场划艇比赛吧，到时候可有热闹啦……"

老六赶紧冲马珂调侃道："Mark，如果真搞划艇比赛，你可得报名参加啊！你可是划艇队的主力。"

众人全都哈哈大笑起来，谁都知道划艇比赛这个梗。当年的那次划艇比赛，就因为马珂的失误，没有 check the gate，害得中国留学生队输了。

马珂狠狠瞪了一眼老六，想反驳又没有底气。前面 Peter 刚刚拿这事奚落完他，现在老六又来凑热闹，简直气不打一处来，但又不好发作，只能忍着。

众人说话间，Daniel 终于走了出来。大家看到他的样子都吓了一跳，不知什么时候他剃了一个光头。

Judy 意外地看着儿子："天啊，Daniel，你的头发呢？"

Angela 开玩笑道："这是剪掉三千烦恼丝吧。"

Daniel 噘着嘴："一点儿都不准确，我头发比三千可多多了！"

大家一片哄笑。

Daniel 生气道："有那么可笑吗？好像你们都没有失恋过一样！"

这话又把大家逗乐了。

Judy 忙过来爱抚地摸摸儿子的脑袋："说得对，儿子，失恋不可耻，我认识你爸时他就是这么个大光头。"

想想马珂那时傻傻的样子，至今都觉得好笑。Judy 总拿他的光头做文章："你的脑袋本来就大，还剃光头，这不更引人注目吗，你怎么想的？"马珂也不生气，说这叫卧薪尝胆，削发明志。

想想那时欢快的校园时光，哪有半点儿的岁月忧愁。

她说着冲马珂顽皮地挤挤眼睛，随后招呼大家落座："好了，开饭了！"

马珂看着儿子铮亮的脑袋，尴尬无比，赶紧招呼儿子："Daniel 快过来，帮老爸拿酒杯。"

想起自己的大光头时期，真是单纯得一塌糊涂，又黯淡得一败涂地。马珂以为失去了周思凉，就失去了整个世界。没有任何迹象表明，他能像正常人一样在澳洲生活下去，似乎每走一步，都会有人告之，你注定是一个没有出息的人。语言不灵、交际不行，以及无法适应的陌生环境更将他打入谷底，极度的不自信令他走路都直不起腰来。当他孤零零地走在校园里，感觉心门上有种沉重的东西在压迫自己，令他喘息不得。那段郁郁不乐的日子，再加上前途的渺茫，他活得像一个病人。

哪想到 Judy 出现了，用她的热情开朗，用她的细心照顾，用她的精湛厨艺，用她的生动执着，重新点燃了本以为不可能再快乐的心。她教他英语口语，拉他出来交际。慢慢地，他打开了自己，人生开始长出一些坚实的东西。原本晦暗压抑的日子，一下子变得明亮了；原本分裂而无望的生活，竟变得有目标了。

她长发披肩，清秀的五官、知性的气质竟和周思凉有几分相像，但骨子里却和多愁善感、小鸟依人的周思凉完全不同。周思凉从来都是需要被人照顾，而她从来都是去照顾别人——她朴实踏实，没有女孩子的虚荣，不属于明艳动人，却越看越顺眼；她不追求风花雪月、惊天动地的浪漫，只要有一碗热汤便能感动得热泪盈眶；她不拘小节，不会为一句说得不恰当的话耿耿于怀，却会为一个关怀的眼神唏嘘不已；她不爱计较，有时神经大条，有时又细心得像个护士；她总有使不完的创意，也有一根筋的死脑筋；她不出位，不热衷打扮，却把这个家收拾得井井有条；她不完美，却是最适合当老婆的人选……是她，让马珂穿越了心头的茫茫黑暗。

当小马慢慢变成了老马，Judy 始终伴在身边不离不弃。想到这些，马珂的内疚又深了一层……

第十章｜飞来横祸

聚会的欢乐氛围在夹杂着马珂的内疚情绪中持续高涨，而就在马珂给大家倒酒的时候，一直转播体育比赛的电视画面突然插播了一条实时新闻。

新闻主播神情严肃地说："据本台刚刚得到的最新消息，今天早晨从十二门徒飞往悉尼的一架飓力能源公司的飞机，在飞行途中遭遇强烈气旋，已经确认在距离十二门徒附近的海域坠毁……"

啊！马珂看到这则新闻瞬间惊呆了。他赶紧冲到电视屏幕前，眼珠子都快跳出来。

这时 Judy 也反应过来，惊诧道："Mark，这不是你们公司的飞机吗?”

众人也都惊讶地从餐桌边聚拢到电视机前。

新闻主播继续播报:“……搜救工作已经展开,但是据了解,飞机上的全部人员无一生还……”

马珂手中的红酒杯一下没拿住,掉在地上发出清脆的响声,红色的液体溅到白色桌布上如同血渍。

众人全都安静下来,一向聒噪的 Daniel 此刻也大气不敢出。

马珂紧盯着电视,他第一个想到的就是周思凉。天哪,她是否在那架飞机上?此刻是生是死?脑中的悲惨画面立刻涌出来——飞机舱内一片混乱,哭喊声伴着巨大的噪音把所有的人吞没。周思凉惊慌失措的脸在马珂面前一再地闪回闪回。他听到她在奋力喊他的名字:“马珂,救我,救我……”飞机不停旋转,即刻失控,接下来的事他不敢再想,整个身子瘫软在了沙发上……

一场原本热热闹闹的生日宴,被一条突发新闻搅得支离破碎。Daniel 连桌上的蛋糕都没敢吃一口。

众人悄然散去,客厅里的欢愉一扫而尽,唯有蛋糕上的蜡烛发出幽微不安的光。

隔天一早,飓力能源公司召开了紧急会议。

会议室里气氛严肃,各个部门的高管均在座。

Harrison 重重地冲 Mark 拍桌子:“你说话呀,董事长在问你问题!”

董事长 Chris Branagh 正面色铁青地看着 Mark。他一头银发,五十来岁,精明深邃的眼神就像 X 光,打在人身上浑身不自在。

陷在悲伤中的马珂才回过神道："抱歉，我在想那些遇难者……"他在想周思凉，她的脸无时不刻地在面前摇晃。那天早晨他们最后一次拥抱，她说的那句"从没忘记"，都刻骨铭心地在内心翻腾。最讽刺的是生日那天竟是他们的诀别。那依依不舍的眼神，痛在心里化作泪，竟不敢流出来。

董事长Chris沉重地说："是啊，当然，我们都在想，这是一场巨大的灾难，是公司的悲剧！这起事故会让公司不可避免地放在公众的聚光灯下，我很担心这件事会让我们公司暴露出一个潜在的……软肋。"

一位女高管怯怯地问："什么软肋？"

Chris表情凝重地说："中国吕汉煤炭集团公司代表团去十二门徒景区的行程并不在我们正式的日程上。FCPA（反海外贿赂法）专门有一条针对这种所谓的超标接待。SEC（美国证监会）手伸得很长，听说当年SIEMENS公司就是因为给商业伙伴安排了这种奢华接待被认定为贿赂，并罚了他们16亿美金。我们绝对不能出现这种不规范的情况！James，你负责这个项目，你怎么跟我解释?!"

Harrison也慌了，沉重地说："对不起，这是我的错误！我太信赖Peter了，他是我们的'中国专家'，他安排了这一切。说和中国人做生意，这些潜规则都是商业习惯，你们懂的……我本来应该考虑更周全，应该保护好公司的形象……我负有重大责任。"

这时Chris以询问的眼神看向Mark："Mark，你也是中国人，你认为和中国人做生意就必须要有这些所谓贿赂的潜规则吗?"

马珂马上回道："当然不是，中国人做生意向来以诚信为本。”他心想，当时他就反对搞什么旅游接待，但老板只听 Peter 的。这种馊主意也只有 Peter 能想得出来。

马珂迅速在网上查了一下，《反海外贿赂法》美国在 1977 年就制定了，旨在限制美国公司利用个人贿赂国外政府官员的行为。在美国的影响下，其他一些国家也都出台了反海外贿赂的相关法律。澳洲法律也明确规定了个人行为贿赂和公司行为贿赂的罚款数额。一旦定罪，个人贿赂至少要罚 180 万澳元或者十年以下的监禁；公司贿赂，罚款数额就更大，通常有三种罚款方式：一般为 1800 万澳元，企业及相关实体所获得好处价值的三倍，或者企业及每一相关实体年营业额的 10%。这三种方式通常以数额最大的来处罚。看起来力度非常大，难道 Peter 就不了解这些吗？他怎么还敢冒如此风险去做这些事？

在马珂印象中，Peter 一向精明、谨慎，这么一个大项目为何疏忽至此？

Chris 的话打断了马珂的思路：“……所以，这看起来完全像是 Peter 自己的错误判断。”说完他又看向 Harrison，突然用中文说，“James，跟中国人做生意，你该好好学学中文，否则永远像个门外汉。”

Chris 曾经在中国留过学，所以中文相当流利，也算是个地道的中国通。自从他坐上董事长的位置，便立即着手与中国的合作，他自认为了解中国人，了解中国市场，这块肥沃的土地好似一直在向他招手，等待他的开发。当初他不顾众人反对招 Peter 进入管理层，也是有意侧重开发中国市场，包括对 Mark，他都有他的打算。

Harrison 知道董事长的中文说得好，可他什么也没听懂，只好尴尬地问马珂："董事长在说什么?"

马珂低声帮他翻译了一句："他说你应该学中文。"

这时交通部门高管 Dean 开口了："我们该怎么解释本该在墨尔本就可以搞定的宴请，非要搬到十二门徒，让中国代表团飞来飞去，直到现在出了事?"

Chris 皱眉道："这确实是个很糟糕的局面。"

另一位高管好像发现了问题所在，便问："Peter 为什么不来? 我认为他应该自己来收拾现在这个糟糕的烂摊子!"

每个人的气愤都写在了脸上，显然大家都把矛头对准了Peter。

Harrison 气愤地摇头道："我打过多次电话通知他开会，但是他一直不接电话。昨天我在晚宴见到他时就发现他有些不对劲，可能他也是知道自己犯下了很大的错误，故意躲了……"

说话间，Harrison 的手机响了，他表示抱歉后接通了电话，脸色却随即变得越来越难看……

第十一章 | Peter 失踪事件

Peter 失踪了？

当这个念头冒出来的时候，马珂自己都吓了一跳。

这几天为公司的事他火急火燎地找 Peter，但对方手机一直关机，找不到人。问了 Peter 的秘书 Rose，她也一问摇头三不知。甚至她抱怨都去了 Peter 家几次寻人，但回回都是闭门羹。

Peter 应该还在非洲地震现场，又怎么可能会待在家里呢？马珂看着 Rose 一脸无措的表情就有些上火。

走出飓力能源公司门口，他抚了一把脸，试着冷静下来。最近公司发生了太多匪夷所思的事，他有太多的疑问想问 Peter。阵阵酸胀感透过眼底传来，他揉了揉眼睛，就在闭目的那一瞬，那天在十二门徒洲际酒店的画面又来了——Peter 意外地闯进酒会，失态地冲他喊：“Check the gate，你难道不知道这是比赛前最重要的事吗?!”

什么 Check the gate，他至今都不知那天 Peter 胡说八道些什么，让他在众人面前如此下不了台。

那竟然是他最后一次见 Peter!

这家伙去了什么地方？或是非洲地震现场出了什么状况，躲起来了？

可 Peter 是公司的红人，即使出了什么状况也轮不到他躲啊!

今天全公司召开紧急会议，Peter 仍然缺席，难道……

马珂不敢往下再想，脑子里一团乱麻，思维好似飘散在了头骨之外。

正在思绪凌乱之际，手机铃声猛地一响，竟吓得他一哆嗦。他头皮发麻地接起电话，老板 Harrison 的声音急躁又刺耳地传来——“Peter”的名字刚跳进他的耳膜，他还没来得及揣测 Harrison 的语气，那个电话中传来的消息就让他惊得差点撞上了从身边莫名窜出来的出租车……

啪的一声，手机慌张地跌落在地。马珂一张惊愕失色的脸怔愣在闹市中，显得如此突兀和诡异……

“……初步判断是自杀……”警察的声音不痛不痒地从 Peter 家案发现场传来。

Peter 安静地躺在尸体袋里，看不出他生前有任何挣扎。尸体的味道却已刺鼻，看样子已去世几天了。

警察强忍着把袋子的拉链拉上。一位华人法医把桌上的杯子、电话分别装进证物袋内。

谁能想到，在这座高档社区，一个钻石王老五的家会变成现在的罪案现场。

警察用粉笔线在地板上勾画出尸体的轮廓。Peter 家的电视机还开着，正转播的是体育节目。客厅橱柜里放满了他划艇比赛的奖杯和奖牌，还有数张划艇比赛的得奖照片。看得出，生前他对划艇比赛有多么热爱。

不一会儿，警察抱着一条一直在汪汪叫的小狗走了进来，那哀哀的叫声，扰得人心疼。主人不在了，或许只有这只通人性的小狗目睹了一切。

透过窗子，可见外面街道上警灯闪烁，Peter 的不少邻居都在四处窥探，有的甚至挤到警察边上偷看笔录，以求打探点儿案情。

Harrison 接到通知后就叫上马珂第一时间赶到了现场。马珂握着碎屏的手机，越攥越紧。他原以为最坏的结果是失踪——至少失踪还能找回来，但 Harrison 直接告诉他不是失踪，是死亡。他心有余悸地看着眼前这个案发现场，好久不能适应。

警察拿着装有皮下注射器和胰岛素瓶子的塑料证据袋跟他俩解释："他应该是胰岛素注射过量死亡。大约两小时前我们接到邻居报警，说这两天一直有狗在叫，我们赶到时吴先生已经死亡。"

马珂惊恐地睁大了眼睛："自杀？有没有可能是意外？"Peter这么骄傲开朗的人又怎么可能会自杀?!

警察继续解释："这位吴先生一直有糖尿病，这种患者是不会犯这样的错误的，他们知道自己平时的剂量，除非他故意加大了剂量。”

马珂看着Peter的尸体，心情复杂。虽说他跟Peter的关系有些一言难尽，但他也知道这事Peter顶着巨大的压力。从昨天的会议上他能看得出来，董事长是想把责任全都推到Peter身上。

他不安地看了看Harrison，只见他愁眉紧锁，不发一言。估计他也没料到Peter会走自杀这条路。现在Peter人不在了，这事的责任恐怕只有Harrison承担了，看得出他一脸的焦虑。

警察又问：“他最近有承受什么压力吗？比如财务问题，或者婚姻问题，事业失意？”

马珂不知道怎么回答，只说了句：“他是单身，没结婚。”说完又看看Harrison。

Harrison马上不加掩饰地骂道：“这个逃避责任的懦夫！”

这话就像是在骂身边的Mark，他条件反射般地皱了皱眉。先是飞机失事，无一生还，至今周思凉生死未卜，现在Peter又自杀……最近接连发生的事件都令马珂有些不可思议。

紧接着，飓力能源公司召开了记者发布会。

Harrison担任了公司发言人，他将准备好的发言稿悲痛地读了一遍：“飓力能源公司沉痛哀悼在飞机失事中的所有遇难者，对他们的家属致以最诚挚的慰问。失去老朋友，我们感到无比难过和抱歉。这是一个艰难的时刻，我们公司也因此失去了两位宝贵的员工，这是公司的巨大损失，我们本应照顾好每一份合作的同人……”

马珂在电视上看到了Harrison的发言，他长久盯着电视，眼中充满伤感。“失去了两位宝贵的员工”，马珂仔细琢磨这句话，这才惊觉除了Peter自杀，Jerry也命丧于飞机事故中。这几天接连悲剧上演，叫人不得不害怕生活的瞬息万变。

他关了电视，不忍再看，脑中倏忽一闪和周思凉的最后一晚，尤其是她告别的时候说的那句“生日快乐”……眼泪悄然从腮边滑过，他飞快地抹去。

Judy一边帮马珂收拾行李，一边有些不解，怎么这个节骨眼上，公司还要派他出差。

“你要去几天？”Judy把几件衣服叠好塞进行李箱内。

马珂也低头开始收拾，一脸哀伤：“不好说。除了交还遗物、慰问，公司说还得推进签署协议。”

Judy更加不解道：“人家董事长夫人都在飞机上遇难了，这时候还要催他们签合同，这也太强人所难了吧。”

马珂听到Judy提起周思凉，表情有点儿不自然，他回身去柜橱里拿东西：“公司说先草签一位谅解备忘录，确认双方合作能继续进行，不受影响。我也不知道他们会不会接受。确实挺难的，这种局面……要不Peter也不会……”他有点儿说不下去了。

Judy替他抱怨道：“这明明就在为难你，之前Peter一点儿都不让你插手，现在又把难题全推到你身上。如果Peter在，这些事应该全由他去处理。他捅的窟窿，他自己填。”

马珂沮丧道：“唉，现在说这些也没用了，人都没了。公司除了我一个中国人也没有了，我不管能怎么办呢?”

Judy有些气愤：“你就是太善良、太心软了，公司的人都在欺负你！人善被人欺，马善被人骑。”说完又有些心疼，“哎，你千万别给自己太多压力，你跟Peter不一样，你还有我，有Daniel。”说完她从身后不舍地抱住马珂。

马珂知道Judy向来是刀子嘴豆腐心，便安抚道：“我知道，我心里有数。你照顾好 Daniel，我处理完了就回来。”

“不能明天走吗，非要今天晚上？”Judy 不肯松手。

“公司安排好了，刻不容缓。”马珂拉起了行李箱。

Judy 不安地颔首，将他送到了门口。一直目送他坐进车里离开，她才收回了视线。

夜色交织着不安把人死死困住。Judy 安顿好儿子睡下，心里空落落的。她以为马珂只是去去就回，却万万没有想到，他们早已陷落进了一张看不见的罪恶之网。当那张网悬在半空时，谁也没有在意。

梦里，不知谁将她一推，她猝不及防地向幽暗的深井坠了下去……

第十二章｜周思凉的故乡

GPEC 飓力能源公司的商务飞机降落在中国北方一个污染严重的地区——吕汉。

一辆别克商务车内，庄重的黑色遗物箱整齐地摆在车上，每个箱子上别着一朵白花和死者的照片。

马珂坐在车前副驾驶座位上，穿着棉衣，戴着口罩，尽管开着车窗，他仍是一副快要窒息的样子。墨尔本是艳阳高照，暑气熏蒸，这里却是白雪皑皑，天寒地冻。

目光在遗物箱和死者照片之间来回穿梭，令他内心隐隐地恐惧。窗外，地上的积雪还未融化，灰暗的雾霾铺天盖地把他笼罩起来，他越发觉得呼吸困难。索性他把口罩摘下来，关上车窗。

这里是吕汉，周思凉的故乡。

陌生的街景恍然掠过，车窗上折射出吕汉的一草一木。街边的景物渐渐模糊，任他再睁大双眼，仍是看不清。接着脸上就濡湿了，他看到周思凉在马路边喊他的名字，让他停车。

他忽地喊道："停车！"

司机一个急刹车，将他的眼泪全部打碎，滚落了一地。

"是要停车吗？"司机不安地转过头来看着他。

马珂赶紧抹了一把脸："对不起，我是想说快点儿开。"

周思凉的身影飘走了，可那个声音还在："马珂，救我——"

颠簸了几个小时，商务车终于停在了吕汉煤炭集团公司门前。三辆别克商务车缓缓开进了汉煤集团的院子。

马珂将头探出车窗，汉煤集团大楼前聚集着等待遗物的家属和员工，乌泱乌泱的一堆人，个个神态悲伤，有的已泣不成声。

经过集团大门，马珂看见一个穿着厚棉袄的老头用绳子牵着一个年纪更老的佝偻老太太，他们失神地坐在门口。看到商务车开过来，老头霍地站起来，举着一块写着"魔鬼"的牌子，满脸是泪。

马珂不忍再看，将头缩回来。

主楼大厅挂着巨幅的黑色挽联，上面写着："接你回家。"

家属们一个个急切盼望的眼神，就像一把把飞刀，能把人削得体无完肤。

马珂步履沉重地走进了汉煤集团的小礼堂，这里改造成临时的灵堂，白色的蜡烛、黑色的挽联、纪念花环和遗照洋洋洒洒地堆了一地。一排蜡烛火苗的尽头，二十多个死者家属悲伤地聚在一起。在这样空旷的礼堂里，这一群人更显得孤单郁悒。

马珂和两个澳洲同事将手中的遗物盒依次交给家属们。三位汉煤集团高层领导陪同在侧，一个个神情肃穆。

遗物盒有大有小，家属们陆续打开，有的是个浸水的小行李箱；有的装着衣物或钱包；有的是给家人买的一包礼物；有的什么都没有，只有一张照片。

哭泣声越来越大。马珂看着前排逝者的照片，心急如焚，他在找那张脸，可又不敢往下看。他想起那天的晚宴，大家还都个个欢声笑语。他在阳台上偷偷看到了周思凉，她站在窗边的走廊，面向大海，孤独地看向远方……如今，一切都灰飞烟灭。

突然马珂眼神一停，他看到了写着周雯名字的遗物盒和照片。他忍着泪，将遗物盒捧了起来。接着他看到了钟总——周雯的丈夫。在他的印象中，钟总应该是大腹便便，梳着油头的高官形象，没想到见到本人才发觉他不仅英俊帅气，谈吐不俗，还精明能干，一看就是很有头脑的精英。这样的形象有些大大出乎他的意料。怪不得当年周思凉能选他，他确实有吸引人的魅力所在。跟他一比，马珂自觉平庸了太多。

不能有任何特别的情绪，马珂把物品递给了正伤心欲绝的钟山。

马珂嗫嚅道："很抱歉……没有找到遗体，或者行李……这是唯一能表达我们对周主任怀念的方式。"

钟总打开盒子，里面是镶好的几张照片，都是周雯在开会、考察的照片。她嘴角挂着淡淡的笑，温柔明媚，只有一张她看镜头了，那清澈的眼神，更让人心碎。钟总强忍着眼泪把照片收起来："希望她最后没受太多折磨。不敢想象飞机入水前的几秒钟，她不会游泳……”

钟山哽咽了。结婚这些年，周雯为他付出了太多太多，他心里明白，只是从没向外人提过。他们争吵过，甚至动手过，但他所做的一切何尝不是为了这个家啊。周雯不理解他，怪罪他，但他也有委屈啊。

一个从没吃过苦的局级干部，突然被调到了一家濒临倒闭的煤炭公司，这不等同于下放吗？更惨的是他上任第一年就遇到了矿难，死了十几个工人，连自己都差点儿死在矿井里。甚至为此，他连自己的孩子都没保住，命运对他公平吗？为此，他抗拒过，抵触过，沮丧过，可他不能叫苦，那些隐秘的、负面的情绪，从他内心中来，最后还得回到他内心中去。他不能诉苦，甚至在周雯面前他都不能埋怨。从小到大，他都是被人羡慕追捧的，他只能成功，不能失败。他是吕汉最年轻的局级干部，没有人可以否定他的成功。

孩子没了，他的视野里只剩下公司，甚至周雯这个女主人都已慢慢淡出了他的视线。一股子韧劲上来了，任谁也阻挠不了。他不相信凭他的能力，公司不能起死回生。他起早贪黑地干，他要干出一番业绩来，他骨子里不服输的劲儿比谁都顽强。

用了三年时间，公司慢慢走上了正轨，正当别人对他刮目相看时，现实问题来了，公司挣钱了，他却清贫得一塌糊涂。他不是贪财的人，可是他心里不平衡。跟他同一级别的，别墅住上了，豪车开上了，而他呢，还是那间小房子，还是那辆开了多少年的旧车。他付出的远远超过常人，甚至还差点儿为此搭上自己的性命，这样的付出值得吗？

周雯骂过他：“你就知道收那些来路不明的钱，那些钱对你这么重要吗?”

他气不过:“要想在这个社会上生存,你就要接受这些潜规则,你不收,生意还做得下去吗?你知道我一年给国家交多少个亿?你知道我每年背负多少压力,难道我的付出还不值这些钱吗?”

他都没怪周雯没给他生个儿子,但他气周雯不理解他。就在出事前几天,两人还吵了一架,他知道他说的话有些过了,但他只能这么说。结婚多年,他们突然变得不会沟通了,每次都要以吵架的方式结束对话,这样的场面是他不愿意看到的。他现在成功了,谁对他都是仰视,唯有自己的老婆总向他投来质疑的眼色,那样的眼神他受不了。他给了周雯优渥的物质条件,给了她重要的工作职位,给了她女人想拥有的一切,她还有什么不满足?他爱周雯,不管他们之间发生了什么不愉快,那份爱是肯定而从没改变的。

然而他这份心绪还没在周雯面前彻底地袒露,人却已经不在了,这是他最痛心的。他不是没有剖析过自己,周雯对他说的每一字、每一句,他都毫无芥蒂地深思过,只是有些东西,不是他能左右的,人在江湖,总会身不由己。

想想生命中的琐碎、生活中的鸡毛蒜皮,再想想曾经的山盟海誓、小情小爱,钟山忍不住红了眼眶。唯有深爱,才会有这样的痛吧。

马珂看了看钟总,眼神扫过那几张照片,一样心如刀割:“我读过一篇文章,说人在自由落体过程中大脑会进入昏迷状态,算是一种自我保护,所以我相信她走的时候应该没有痛苦吧……”他自己都有些说不下去了,他努力控制住欲哭的情绪。

钟山看着遗物盒崩溃道："周雯说我不是个好丈夫，经常惹她生气。我们没有孩子，我没尽到老公的责任……不管怎么样，她始终是那个对我最重要的人，真希望还有机会弥补她……"

大家都静默了。屋子里的气氛快让人窒息了。

马珂缓了缓道："我代表公司再次向您表示歉意。"说完深深地一鞠躬。

两人沉默一阵。钟总捧着遗物，去了自己的办公室。

斯人已去，曾经的埋怨纷争似乎都已烟消云散，浮现在记忆中的全是过往最纯粹的美好。

马珂跟着钟总进了办公室，有任务在身，他一刻不敢耽误。

他走上前轻声说："钟总，如果您需要推迟签署，我们完全理解。"

不想钟总却说："不，公是公，私是私，如果现在中断，反而辜负了这么多人之前的工作成果……我们吕汉煤炭资源丰富，但是天然气相对匮乏。从低变质的褐煤、长焰煤到高变质的贫煤、无烟煤都有分布，但是开采不易。除了北部一带赋存八米以上巨厚煤层，埋藏浅，适宜露天开采外，其他绵延整个吕汉地区下方的多为深层煤炭。澳大利亚在 UCG 地下煤炭气化技术方面是行业的翘楚，我们的合作一定会帮助吕汉实现资源的安全与高效利用……"

就在钟山大展事业蓝图的时候，突然，门外闯进来一个人。

那人高喊："魔鬼已经来了！冰山化了！这就是报应！澳洲人呢？澳洲人在哪儿？"

女秘书赶紧冲进来挡住他。那老头儿下就挣脱开了。

看着这一幕，钟总痛苦地皱眉头："老高，现在不是说话的时候，你先回去吧。”

高工却仍高声喊道：“这些死人都是你们的报应，这就是惩罚，你们都是魔鬼……”

高工的儿子死在了几年前的那次矿难中，失去儿子的痛令他对施工的管理和技术耿耿于怀。那次矿难，把最终的事故原因归结为瓦斯爆炸，但背后潜藏的原因何止这一点。装备不行，管理不严，技术不过关，违章操作……这一系列的问题都需要落实改进。“先抽后采，监测监控，以风定产”的方针，公司并没有下力度去执行。瓦斯抽放系统不能有效发挥作用，管理上存在严重缺陷，作业人员违章失职，这些问题都没有得到解决，简单一句瓦斯爆炸就息事宁人了。

为此，高工跟钟山提交过多份报告，但都没有得到反馈。汉煤公司仅仅是完善了一下矿井的通风设备，禁止了明火，但光这些措施是远远不够的。除了管理，没有过硬的技术，随便开采，势必还会发生下一次矿难。瓦斯防治工程与采掘工程必须同时改进。抽取处理瓦斯的方法有很多，挂风障引流、风筒导风、移动泵站抽放、尾巷排放等，这些技术都需要进一步落实。因此高工提了一堆意见。钟山跟他打过多年的交道，已被他折磨得避之不及。

钟总忍着脾气道：“老高，我这儿有客人，我们回头再说好不好?”

这时，又进来一个男助理，他拉着老头道：“高工，有什么事咱先到外面谈，阿姨还在外面等着您呢。”

高工长长地叹了口气：“你们会遭天谴的……”说完他就被助理带了出去。

办公室只剩下了他们两个人，气氛有些尴尬。

马珂一直在琢磨高工的话，但又插不上话。

钟总转向马珂，面色发窘道：“他是我们单位的老职工，退休了，脑子不大正常，每天在外头抗议，什么报销啊、医疗费啊……唉，企业大了总有这些事，不可能让每个员工都称心如意。”

马珂若有所思地没有再说话，汉煤内部的事他不想参与，也不想过问。哪个公司不是这样，都有本难念的经。他其实内心一直住着一个懦弱的汉子，这个汉子以前也经常被Judy嘲讽。他从小就是个乖孩子，胆子天生就小，练都练不出来。更何况现在飓力公司矛盾复杂，举步维艰。想想自己的处境，再想到Peter、Jerry连命都搭上了，不免又是心惊肉跳。

第十三章｜如释重负

晚上回到酒店，马珂把今天的情况写了封邮件向 Harrison 汇报。

刚处理完邮件，楼下忽然传来一阵骚乱的声音。

“我要见澳洲代表团……”这喊叫一声比一声响。

酒店大堂经理闻声赶来：“有什么事到公司说去吧，澳洲代表团是公司的贵客，上面说了，不能打扰。”

老头手里拿着一沓纸，不甘示弱道：“澳洲人是来找我的，我认识他们公司一个叫老吴的，老吴找过我……”

酒店大堂经理忍耐着说：“这里没有什么老吴，都是外国人，你快走吧，老爷子。”

老头仍没有走的意思，冲楼上叫道："老吴，老吴……"

马珂从窗口看出去，一片雾霾中，两个酒店保安和大堂经理把一个老头和老奶奶连哄带骗地架出了酒店大堂："您别闹了老爷子，快带阿姨回家吧，这大冷天的。"

马珂觉得不对，这老头好像就是在钟总办公室里见到的那个高工，想到这儿，他赶紧起身出门。

等马珂赶到大堂，老头早已没了去向，大厅里一切正常，前台两个工作人员正低头工作，好像什么都没发生过。

马珂想上前问明情况，刚走一步就看到地上有一张纸，他疑惑地捡起来——好像是什么文件中的一页，文章无头无尾，有个小标题：《吕汉地下水文情况分析报告》。他边看边往门口走，正好撞上了从门外回来的大堂经理。

"马先生，您去哪儿啊？"女经理笑容可掬地走过来。

他忙问："刚才找老吴的那个人呢？"

"高工啊，那个'老反对'啊，您放心，啥事都没有，已经安排车送他回家了，他不会再来打扰您了。"说着女经理示意马珂往回走，"这大冷天的，您穿这么少，这么出去非冻感冒不可，您赶紧回去吧……"

马珂不解道："老反对？什么意思？"

女经理解释道："这老头什么都反对，什么退休工资、家属院拆迁，最近好像是说地下有魔鬼……总之他什么都反对，越来越不靠谱。原来他是公司的总工，留学的博士，独生儿子也是矿上的工程师，但有一年下井赶上瓦斯爆炸，命没了……之后老头就疯了，怪可怜的。"

马珂又问："我看他还带着个老婆婆？"

“那是他母亲，八十多了，老年痴呆，一刻都离不了他。可他偏偏不老老实实地在家照顾母亲，天天出门拦领导，谁都拿他没办法……”女经理边说边把他往电梯这边引。

马珂走了两步皱眉道：“你知道他家的地址吗?”

女经理犹豫一下说：“就在菜市场旁边。到汉煤老家属院那边随便一问，说找‘老反对’，大家都知道。您找‘老反对’有什么事吗?”

“哦，我……没什么，我就是随便问问……”马珂不知如何作答，还没说完，他手机微信视频显示老婆来电。他正要接，电梯的门打开了。

女经理示意他进去：“您快回去歇着吧，领导嘱咐了一定要照顾好澳洲代表团。”说完她殷勤地按好七层的按钮，等待马珂进来。

马珂只好进了电梯，说了声谢谢。

电梯门关上，马珂才接起了电话。

不想这声音从手机里传出来，吓了人一跳。手机屏幕上赫然出现一张僵尸般的脸，低沉威胁道：“你老婆在我手里……”

马珂一眼看穿，随即说：“太好了，我正愁甩不掉她呢。”

话音未落，手机里的僵尸突然露出小女孩的神态：“你真讨厌!”随即僵尸的脸瞬间变回了Judy。Judy脸上贴着电脑特技抓取面部表情的电子贴片。

马珂摇摇头道：“你的新作?”

Judy得意道：“是，刚交了活儿，还不错吧，效果挺逼真的吧?”

马珂无奈道：“还好，还没被吓死。”

“怎么样，心情好点儿了吧?”Judy 恢复了一本正经，“你在那边的工作怎么样了，进展都顺利吗?”

“还行，比我想的要顺利，他们很通情达理。”

“嗯，那我就放心了。”说着她挥舞着一张纸，“再告诉你一个好消息，接到移民局通知，咱们 PR 申请已经开始受理了!”

马珂脸上终于露出表情：“太好了!”

Judy 撒娇道：“你什么时候回来啊？我都想你了，快，亲我一下……”

正这个节骨眼上，电梯门开了，进来一个陌生人。

马珂小声地尴尬道：“有人……你放心，这边一签字，我就飞回去。”

Judy 总算放下心来。申请 PR 的事不能再拖了，在澳洲，没有 PR 寸步难行，今年无论如何也要申请下来。

关了电脑，环顾四周，空落落的。马珂不在家的这些天，她连做饭的热情都不高了。以前她以为老夫老妻了，见不见的也没那么重要，甚至在她心中，Daniel 的位置更重要一些。可马珂真正离开后，她竟有些魂不守舍。以前烦躁的时候，Daniel 冲他撒个娇都能心花怒放起来，可现在 Daniel 就在她身边睡着，温顺得像只小猫，她却仍觉得心神不宁。这是怎么了？更年期提前了?还是年纪大了，胆子反而小了，家里的男人不在，竟开始心慌了……

“别忘了给爸爸留饭，爸爸回来没饭吃……”Daniel 喃喃地说。

Judy 以为 Daniel 醒了，赶紧探过身去。他闭着眼，翻了个身。原来是梦话。

Judy 给他掖了掖被角，脑子里乱糟糟的。

以前总嫌弃自己的男人没有点石成金的魔力，没有飞扬跋扈的史诗般的气魄，现在想想，她什么也不憧憬了，只求他平平安安地回到她身边，每天在琐琐碎碎中陪伴就足矣了。

第二天，马珂继续按照 Harrison 的部署推进与汉煤公司的合作。

又经过一番游说，钟总终于在那份文件上签了字。当秘书把文件交给马珂的时候，他郑重地接过来，并重重地松了一口气："谢谢钟总，谢谢汉煤集团对我们飓力能源公司的信任，尤其在这种危难的时候。"

他也意外，为什么钟山能那么痛快地就签字了。他以为起码要在这里耗上几个月。

当事情进展得尤其顺利的时候，反而更让人不安。

钟总微笑道："还是那句话，公是公，私是私，我爱人如果在也会这么说的。"

再次提到周思凉的时候，马珂还是不自觉地心跳加速。他定了定，认真地点了点头。澳方的两位同事也跟着点了点头。

钟总主动伸出手，他们握手的一瞬，马珂如释重负。

公司交代的任务终于完成，终于可以不用再看 Harrison 的臭脸了。这几天 Harrison 催命鬼似的天天盯着汇报情况，手机还得二十四小时开机，人都快被他折磨疯了。幸好，一切尘埃落定。

跟汉煤集团的工作人员告别后，马珂却仍觉得有件事放不下来。

当他们的车子驶出汉煤集团大门时，他发现门口那个"老反对”不在了。他摇下车窗看了看，四周都没有“老反对”的身影。他想了想，示意司机说：“麻烦先去一趟汉煤老家属院再去机场吧。”

司机愣了一下，但还是点头答应了。

不一会儿，车停在了汉煤老家属居民楼前，边上有一些零散的小卖店，还有个小菜市场，热闹而市井。

一串鞭炮炸裂声从前方传来，几个孩子叫嚷着跑开了。原来一户人家正在举办婚礼，新郎刚好抱着新娘从家属楼走出来。白婚纱罩着长羽绒服，新娘高高提着裙子，生怕地下的泥水染脏了婚纱。伴娘们和家属们跟在后边起哄，摄影师一路跟拍。门口几辆迎新的车子已停在路中间，车上装饰着红花格外明艳。

不少居民聚集在一旁看热闹。新人们热闹地走过，露出后面买菜回来的高工和老母亲。

老母亲看着这对新人，问儿子：“咱家小勇上回带的那个女朋友我看着挺不错的，你催催他，抓紧把证领了吧。咱家不急，人家姑娘也等不起啊……”

高工忍着难过道：“唉，妈，行，我回头催他。”他心想，母亲的老年痴呆症又犯了，小勇都死了好几年了，他那女朋友早嫁别人了。

老母亲美滋滋地点头：“回头我给置办衣服啊，结婚得穿红，我就看不惯这白裙子，多不吉利。”

高工无奈地点下头：“好，都听您的……咱回家吧，中午给您包芹菜馅饺子，吃完您再跟我去趟市宾馆，我还得去见见老吴。”

“我还想再看一会儿新娘子。”老母亲像个孩子似的笑起来。

高工急道："赶紧回去吧，下午我还得去找老吴，我这里有东西要交给他，咱们还得给他送东西去。"

婚礼的车队陆续走光了，看热闹的人们也逐渐散去。

老母亲和高工正准备拐进家属楼，忽然看到一辆救护车开过来停在路边。

老母亲诧异道："这是谁家叫的救护车啊，谁病了……"

话音未落，救护车上突然冲下来四个大夫。高工还没反应过来怎么回事，已经被套上束缚衣强行带上了车。

"妈，妈——"高工知道情况不妙，赶紧大喊。

老母亲完全蒙了，这是发生了什么事？她叫道："儿子，你去哪儿啊？"

救护车冷酷地开走了，剩下她一个老太太茫然地站在街上。

"儿子，你去哪儿？你上医院了？"老太太边哭边喊。儿子一下不见了，她的魂都没了。

马珂的车正好与婚礼的迎新车打了个照面，又与一辆救护车交错而过。

等找到了高工的那栋楼，却见一个老太太正惶惑地站在路中间，有人过去搀扶，老太太神色张皇。

马珂一眼认出了她就是高工的母亲，便马上让司机停了车。

"老太太，出什么事了？"

马珂见她完全慌神了。

老太太语无伦次道："上医院，上医院……"

马珂听不大懂："什么上医院？高工呢？您儿子呢？"

老太太的眼睛无法对焦，只是一味地在那儿不知所措地说："上医院，上医院……"哭着就去找儿子了。

这时，边上的人过来说这老太太有老年痴呆症，一直糊里糊涂的。

马珂又问高工去哪儿了，周围的人都瞪着眼睛，没人知道高工是谁。他只好改口问“老反对”去哪儿了，就是这个老太太的儿子。边上的人这才听明白，但也都摇头说这个“老反对”也精神不太正常，弄不好被拉到精神病院去了。

看着众人一脸茫然的样子，马珂有些手足无措。他总觉得高工有一肚子话要说，而且肯定是关于合作项目的。

这时马珂的两个澳洲同事都催他快上车，再晚赶不上飞机了。

马珂只好作罢，转身上车。澳洲同事莫名其妙地看着他，问他有什么需要帮忙的。马珂摇了摇头，让司机直接开去机场。

不知什么时候，雪花已漫天飞舞。

车在高速公路上飞驰。环路外密集的楼群和大片的生活用地从车窗外飞快掠过。整个城市灰蒙蒙的一片，好像处处充斥着哀号。

司机聊天说：“我们这儿有句俗话，天不下雨下煤面儿，这就是钱啊。这儿地上地下都是煤，我们吕汉就好比睡在金子上。听说你们公司跟我们合作以后这雾霾就没有了，那敢情好，我可得替我们家儿子谢谢你们。我们这一代也就这样了，现在就担心孩子这一代……”

马珂呆呆地看着车窗外成片掠过的密集的城市群落，一时不知说什么。

他摇下车窗，抬头愣愣地看着外面的漫天大雪，鹅毛般的雪花一团团向他袭来，落在他鼻子上、额头上、眼皮上，再化成泪水般悄悄滑落。

第十四章｜你知道得越少越好

不知昏睡了几个钟头，飞机到达澳洲机场的时候已经华灯初上。

灯火点点，恍然如梦。

马珂和两个澳洲同事疲惫又兴奋地下了飞机。

“我还和妻子说起码要在中国待一个月呢，没想到这么顺利就回来了。Mark，你干得真漂亮。”同事夸了他一句。

马珂有些不好意思：“我只是做了分内的工作。明天公司见，别忘了带文件。”

另一个同事拍拍公文包：“当然，Mark。”他一顿，又说，“对了，要一起走吗?”

马珂迟疑一下："噢，不了，你们先走，我们不同路，我还要先给太太打个电话。"

跟两个同事告别后，马珂才拿出手机，给 Judy 打了电话："Hi，是我，刚下飞机，还挺顺利的，很快就到家。嗯，一会儿见。"

他听到 Judy 欢呼了一下，笑着收起了手机。刚想招手打出租车，手机又响了，他以为 Judy 还要跟他啰唆什么。结果那声音一出来，他的魂都没了。

"我是思凉。你们公司的人说你今天回来。你别说话，听我说，来 × × 路 245 号，303 房间，坐出租车来，别让任何人知道。"电话在马珂的震惊中被挂断了。

周思凉还活着！马珂傻傻地握着手机，呆立在路口。幸好刚才没跟同事一路，不然还真麻烦大了。他不敢相信地看看四周，天哪，她真的还活着！他差点儿要跳起来。

他看了看表，赶紧把手拼命地挥起来，大喊着："出租车……"

已打上出租车的同事回头看到 Mark 又跳又喊的样子，很是奇怪。

"快，快，麻烦司机快点儿开，这个地址！"马珂的车呼啸而过，把其他的车全甩在身后。

两个同事在出租车里纳闷道："他不是跟咱们不同路吗？怎么也往这边走了？"

"看他火急火燎的样子谁知道干什么去。"

一路不停地催促，出租车以最快的速度赶到了约定地点。马珂付了钱下车，拉着手提箱，左右四顾，心里七上八下。天哪，她是怎么活过来的？为何新闻报道说无一人生还？身边突然有辆车从旁边经过，差点撞到，他不管不顾地冲到马路对面的一条昏暗的小巷子里。

这时他才发现这地方似乎不大对，时不时有妓女上前搭讪，这里明明就是红灯区啊！思凉怎么约到了这个地方？他疑惑地看着地址找门牌号，总觉得哪里都不大对。

好不容易找到了思凉说的那家小旅馆，马珂小心地走上楼梯，有个妓女突然挡住了他的去路，把他吓了一跳。她往马珂的口袋里塞了一张小卡片，露出充满魅惑的笑。

马珂镇定地欲拒还迎，正好有人要上楼，他趁势赶紧把女人一推，爬上了三楼，拐进一条肮脏昏暗的窄小走廊，敲了敲303的房间。

周雯小心地打开门，她神态警惕，戴着红色的假发套，衣服邋遢得不行，马珂一时都没认出来。

他正欲开口，周雯一把将他拽进来："没人跟着你吧？"

马珂茫然地摇摇头，旋即又满脸震惊道："真的是你！你还活着！到底是怎么回事……"

"嘘——"周雯冲他做了个噤声的手势，左右谨慎地看看外面，快速锁上门。

马珂震惊连连地看着周雯："你怎么打扮成这个样子？住这个地方很危险！"

周雯躲开马珂的眼神，坐到床边。

"你怎么可能还活着，这真是太好了！快跟我说说，到底怎么回事？"说着，马珂眼眶就红了。他以为这辈子都不可能再跟周思凉相见了，没想到老天跟他开了一个玩笑。

周雯头一低："我没赶上那班飞机。"

马珂叹了一口气："幸好！那你为什么不立刻跟我联络？你怎么变成这样了？你干吗住这儿，这里是红灯区，太危险了……"

周雯有些不忍面对马珂焦急的眼神，她走到屋里床侧点了一根烟，缓缓道："唉，一言难尽……"

马珂奇怪道："你什么时候抽烟了？"

在他印象中，周思凉一直是清纯得不食人间烟火的乖乖女，究竟发生了什么变故，她能沧桑至此？

周雯猛抽了两口烟，她能说她的烟龄已经三年了，能说吗？她早已不是马珂心中不谙世事的白莲花了。日子耗尽了所有的纯情，白月光变成了饭粒子，而朱砂痣早腌臜成了蚊子血。

"心情烦的时候抽一口吧……"

两人正说着，周雯突然听到房门外有动静，门把手似乎被轻轻转动了一下。

马珂也听到了动静，心掉到了嗓子眼："会是谁？"

"不好！"周雯刚说完，哐当一声，小旅馆的房门被撬开了，闯进了一个凶神恶煞的白人。他脖子上戴着粗粗的金链子，手上拿着一把明晃晃的刀。

两人都惊呆了，马珂才反应过来，此人手上带着刀。杀手破门而入，直奔周雯。马珂拼命用行李箱砸向杀手。杀手猝不及防被打倒，周雯顺手抓起一个小包，两人赶紧跑出旅馆。

周雯疯了似的喊："快跑……"

马珂刚要往下跑，却被周雯拉住往另一楼道跑去。

马珂上气不接下气道："他是谁？他为什么要杀你？"

周雯惊慌道："我不知道！"

马珂突然折回，脱下一只鞋放在主楼梯向下的台阶上，再跑来和周雯会合。

那杀手追出来，看了看两个方向正犹豫，正瞥到台阶上的鞋，便向下跑去。

周雯显然很熟悉这里，她带马珂跑进一个狭窄的楼梯，然后推开侧门，跑上旅馆的户外平台。平台上有几个背包客正在抽烟，一个旧汽油桶里点着火，众人围坐一团。周雯示意马珂别吱声，她发现平台边上还有一个下行楼梯，通向外面的小巷。她毫不迟疑地拉着马珂顺着下行楼梯跑了出去。

小巷不远处，杀手正环顾左右，摸不着方向。

周雯示意马珂不要说话，继续往小巷方向跑。

就在这个关键时刻，马珂的手机突然响了，铃声是他儿子的声音："爸爸，接电话，爸爸，接电话……"

周雯吓了一跳，吼道："快关掉！"

马珂赶紧关掉手机，但杀手已经听见铃声，转头就往他们的方向追过来。路上一个身材高大的妓女上来搭讪，却被杀手一把推倒在地。那声音近在咫尺。

俩人无奈只得又跑回平台。周雯把汽油桶推倒在下行楼梯上，阻挡杀手上前。

马珂依然穷追不舍地问："你到底干什么了？他为什么要追你？你快告诉我——"

周雯不管不顾地拉着马珂进了一间屋子，并用椅子抵住门把手。屋里的人正在拍 BBW 情色小电影。所有的人都被这两个不速之客吓了一跳。周雯赶紧连声说 Sorry，示意他们继续拍。

她拉马珂打开窗子，两人不敢喘息地爬到楼顶。

这时，门口杀手的撞门声马上传来。周雯和马珂再次把心提起来。

杀手果然撞开门，和屋里人缠斗起来。杀手本想把性感女人推到一边，结果自己撞到她身上，愣了片刻。

周雯和马珂已挪到另一栋建筑，顺着一个绳索爬下来。

杀手立刻追过来，一眼看到了绳索，刚想拉起却断了，他气愤地骂了一句 Shit 。

不知熬了多久，上气不接下气地终于跑出了小巷，周雯和马珂都有些体力不支，一下瘫坐到地上。

马珂脚上只有一只鞋，另一只脚早被磨得鲜血直流。他已顾不得疼痛，仍不停地往后看，生怕那个杀手再追过来。

周雯也惊魂未定地看向身后，幸好杀手没有追上来。

两人长长地吁了口气，马珂恢复了神志："你必须告诉我，这到底是怎么回事！他为什么要追你！"

周雯一脸无辜道："我不知道！我真的不知道！"此刻，她什么也不想说，她不想让马珂知道得太多。

马珂摇摇头："那好，那你告诉我，你怎么会活着！"

周雯解释："我说了，因为我没赶上飞机。"

马珂又重复问："那你为什么当时不联系我，也不告诉公司，而且……"

周雯实在忍无可忍地打断了他："因为我叛逃了好吗！"

此话一出，两人都沉默了。

马珂难以置信地看着周雯："叛逃？什么意思？"

周雯沉吟一下："对不起，马珂，我不该把你搅进来，可在这儿除了你，我一个人也不认识，我不能用护照，不能用信用卡，每天东躲西藏……我现在甚至不知道去哪儿才安全。我不想回国，不想回去……”她可怜巴巴地看着马珂。

那天阴差阳错她没赶上飞机，也可能正是老天在帮她。她何不趁此离开老钟，提心吊胆的日子她过够了，如果能留在澳洲，或许她可以开始一种新的生活。

马珂看着她，似乎有些明白了，他无奈地叹了口气。

现在还能躲去哪儿？马珂绞尽脑汁地想。他明白思凉的心思，她不想回到老钟身边。或许最危险的地方就是最安全的，马珂突然想到了一个地方——飓力公司的能源仓库。他熟悉那里的环境，应该没人会发现。

又是一段上气不接下气的奔跑，当马珂哗啦啦把仓库铁门拉开时，周雯已经累得快昏死过去。

仓库里堆着很多物资，每一个货物箱子上飓力能源公司的大Logo醒目又刺眼。

“你疯了，怎么带我到这里来，太危险了！”周雯本能地抗拒。

马珂却松一口气道：“这里都是救灾物资，我负责清点发运，你在这儿应该是最安全的。你相信我！”

周雯这才踏实下来，好一会儿，她才想到说了一句：“谢谢你。”她摘下假发套，感觉自己快虚脱了。

看了看周围的箱子，上面写着“衣服”“饼干”“鞋”“睡袋”等字样，她立刻又打起了精神。她把箱子撕开，寻找自己需要的物品。

马珂心疼地看着她：“你住的那地方是最乱的红灯区，黑帮的地盘。思凉，你是不是这几天得罪什么人了？”

周雯拿出睡袋等物品，还把一双运动鞋扔到马珂面前，让他赶紧换上。她不想跟他说太多，她真的怕把他也牵进来。想了一下，她糊弄道：“不知道，我一直用现金，可能是露富了吧。”

马珂无措地看着她，他有些半信半疑。

周雯看着一脸老实的马珂，不禁轻叹一声：“我知道你一定有一肚子问题。”

马珂无奈地说：“是啊，我都不知道该从哪儿问了。思凉，你能跟我说实话吗？”

不管他对周思凉有多少情愫，毕竟他们十几年没联系了，这十几年，天知道都发生了什么故事。他要帮她，至少要知道事情的来龙去脉。

周雯知道这样糊弄也不行，便拿过睡袋，边铺边跟他慢慢解释：“那天我没赶上飞机，想跟你联系，但是狂风暴雨的，机场临时关闭，手机也没有信号。等后来有了信号，我看到新闻说飞机失事了……这都是命，要不是起晚了，我也……”

她想起有位作家说过：“命运不是风，来回吹，命运是大地，走到哪儿你都在命运中。”以前，她不信命，觉得自己可以跟命运抗争，争了半天，就落得现在求生不得、求死不能的惨境；现在，她信命了，无论她走到哪儿，无论她怎么做，许多东西早已命中注定。

沉吟了一会儿，她说：“我突然觉得这可能是老天给我的机会，让我可以人间蒸发。”

只有人间蒸发，她才可以死里逃生，而且是新生。

马珂奇怪道：“你怎么会有这种想法？思凉，人都会犯错，其实，咱俩那天也都犯错了。我在吕汉见了你丈夫，他真的挺在乎你的，而且他非常难过……”那天的画面马珂印象深刻，这种情感的东西是装不出来的，他心里有数，钟山还是爱她的。

周雯却打断道："你根本不了解我的生活。"老钟现在变成了什么样，她不想在马珂面前戳穿。

马珂低声嗫嚅："可你还有父母，你就不打算再回去了吗？一直待在这里？"

周雯又打断道："他们三年前都去世了。我妈以前得过脑溢血，三年后又犯了一次，没救过来。我妈走后没几个月，我爸突然心梗也走了。同一年，他们两人都走了……"悲伤的往事就像发生在昨天，"我爸犯心梗的时候，我们都没在身边，如果当时我在，他就死不了……我在公司帮老钟……""转账"二字她没说出口。

想想追悼会的时候，老钟连面都没露，他永远在忙工作，工作比人命都重要。父母至死都不知道他们倍感骄傲的女婿是个大贪官。她在父母面前什么都没说，是不敢说，也不能说。有时忍不住想跟父母诉诉苦，话到嘴边又给生生咽了下去。父母都是老实本分的人，如果他们知道了，不仅是多年的梦幻被打碎，很可能还要危及生命安全。周雯念及这些，什么都忍下了。

也许就从那时开始，她有了离开老钟的决心。可是她一直找不到机会，现在终于等来了。

马珂一下语塞。他不知道怎么劝她了。

周雯笃定地说："开弓没有回头箭，就算我现在后悔也来不及了，出事已经半个月了，按组织纪律，我早就应该通知单位和大使馆了。我这么久没出现，已经算叛逃了。以我的身份叛逃，对我丈夫的负面影响会很大。而我被当作一个死人，才对所有的人都有好处。"

当初她改名周雯，就是想在吕汉开始全新的生活，没想到多年后，这个名字还是要改，命运好似一直在捉弄她，不得安宁。

马珂沉默了，他同情地看着周思凉，谁又能想到以前那个不食人间烟火的弱女子竟会经历这么多的波折和变故。

一会儿，他突然想到："所以你也不能报警？"

周雯点点头："我不能让任何人知道我还活着。因为我已经是一个死人了！"

她已经豁出去了，跟老钟一刀两断。既然他不肯离婚，以现在这样的方式消失最好不过。她不敢想象，如果再跟老钟一起洗钱，她怕做鬼都投不了胎。以前在吕汉，她没有机会逃；现在是在澳洲，老钟鞭长莫及，况且还有马珂在身边，她不是孤军奋战。这次无论如何，她要从噩梦中逃出来，再不停止，她早晚会被抓进去坐牢。只是她一直不敢肯定追杀自己的人会是谁，难道真的是老钟派来的？夫妻一场，他不至于下此狠手吧……如果不是老钟，那又会是谁？难道是飓力的人？看那老外的架势，像是职业杀手，如果不是飓力，谁还能嚣张至此？

马珂叹了口气，他苦恼地看着周雯，不知道接下来该怎么办。

周雯却好似卸掉了身上的重担般，拍拍自己身边的睡袋，示意马珂坐过来。厘清了思路，她反而不怕了。有马珂在，她就像找到了绳索，至少还有一个可以把她从井底拉上来的人。

马珂木然地坐了过去。再次和思凉离得这么近，有一种起死回生的感觉。

周雯紧紧地靠着马珂，心里安定了许多："我找你，只想请你帮我一个忙。"

马珂马上点头："只要我能做到，我一定帮。"

周雯认真地看着马珂的眼睛："我能绝对信任你吗？"

马珂使劲点头："绝对能！"

周雯说完又觉得自己有些可笑，在这个世上恐怕除了眼前这个男人，再没有"信任"二字可言了。定了定，她说："我需要你的银行账号，我要转一笔钱到你账户上，你收到以后开张支票给我。"

马珂二话不说，从怀里掏出一支笔，又摸出一张纸写好了账号。他在想，幸好他们遇上了，他不能想象，如果思凉遇不到他，此刻又该无助到什么程度。

周雯拿出手机开机，马上照着纸上的账号打款。

马珂担心地看着她："你想过以后怎么办吗？"

如果一直这样东躲西藏不是长久之计，但回国又行不通，他已然觉得走投无路了。

周雯只顾低头操作，并没作答，突然她冷不丁地问："马珂，你爱你的老婆、孩子吗？"

她在心里羡慕做了马珂老婆的那个女人，她曾经也有机会的，是自己错过了。那种"有些人一旦错过就不在"的寥落心情在此刻多少有些讽刺。多少个深夜，她后悔自己把自己送入了绝境。失去一个人并不可怕，失去一个人而因此一辈子后悔才是最心痛的领悟。

马珂一时不知道怎么回答，片刻后才道："当然。"

周雯又低下头，继续操作："那你知道得越少越好。"

从决定叛逃的那天起，她已将生命置之度外了。她这一生，该有的荣华她享受了，该受的委屈她也忍了，现在的苦难是老天对她曾经犯错的惩罚。她不怨任何人，因此她更不能把这样的苦难转嫁给马珂。他有如此温馨的一个家，从他手机铃声流淌出来的全是满满的爱。

马珂不知道她什么意思，总觉得有点儿云里雾里的。好一会儿他才说："不管怎么样，你还活着就好！我真的以为失去你了……"

周雯温柔地看了一眼马珂，手上坚决地按下手机屏幕上转账的确认键。

第十五章｜魂飞魄散

屋里没开灯，一片静谧。这种没人说话的静在平日里不觉得，今晚却有着瘆人的诡异。

空荡荡的屋子，一眼望不到窗边，华丽的装潢，让人一目了然这里是豪宅。

靠着阳台边的小桌子上，电话突然一阵振动，老钟拿起了电话。

“是我，我没上那架飞机……我们好聚好散，我拿着一部分钱消失，反正我现在是个死人了，对你没任何影响……”

老钟有些意外，却又在意料之中。

“好，我祝福你……”一字一顿，却又听不出任何喜怒。

本来他以为周雯就这样走了，倒是最好的安排。他没有恨，还会有满满的不舍和爱。但突然，她莫名其妙地又活过来了，剧情一反转，反而让人觉得索然无味了。

很快，手机屏幕上显示有钱在转出，是否本人操作，请确认。

老钟愣愣地看着，他最烦女人跟他讲条件，尤其是跟他谈钱。他可以给，但你决不能要。伸手要和愿意给这是两个概念。分钱的事周雯跟他提过不止一次，他也反感过不止一次。这些钱是他辛苦赚来的，甚至是拿性命赌来的，周雯付出什么了？即使她当了公司的主任，也没给公司出过多少力。仅仅是转转账这点小事，就有了要挟的资本？

老钟出生在沈阳，从小跟父母吃了不少苦。稍微懂点儿事的时候，父母就被下放到吕汉当知青。他也跟着搬过去，从此成了吕汉人，一直在那边上到大学，当了公务员，从秘书做到了副局长，直到现在的董事长。每一步，他都付出了比常人多几倍的努力和心血。周雯付出什么了？不管从妻子的角度，还是工作伙伴的角度，她都做得不够好。甚至在他生病的时候，想喝一杯热奶茶，她都懒得出去给他买。那是一种怎样的孤独？而当周雯生病的时候，即使冰冷的风刮着脸，手冻到不行，他依然会出门给她买喜欢的皮蛋瘦肉粥。

生活总有缝隙，孤独无孔不入。两个人的孤独，比一个人还要刻骨。

手里的烟一圈圈氤氲开，紧接着手机铃声响了，老钟边抽烟边对着手机说："有人在动我的账户……"

那声音从空荡的房间里突兀地传来，打破了长久的宁静。

女人伸手要钱的时候，一切情感就已经结束了。什么自睊同异，什么阋墙谇帚，都可以散了。老钟把手里的烟头一点点拧灭。

“周雯还活着!”电话那头的声音在深夜听来有些惊悚。

老钟面无表情，眼神在氤氲的烟气中空洞地望向窗外。

“她必须死，不然我们都会有麻烦。叛逃对你的影响会更大，你的仕途会全完蛋!”

老钟猛吸了一口烟，并没有作答。

马珂安顿好周思凉，便飞速赶回了家。

他站在门外稳了稳心跳，做了几个深呼吸。刚要敲门，门却一下子开了，吓了他一跳。

Judy 疯了一般喊道：“你急死我了！从机场到家要六个小时？到底出什么事了？”

马珂紧张不安地说：“我……刚准备上车，又被叫去公司开会……非常重要的会，我连儿子的电话都不敢接。”说着随 Judy 进了屋，边换鞋边解释。

Judy 气愤道：“去开会也可以给家里打个电话啊，还不能接电话，公司搞什么？怎么后来再打你手机还关机?”

今天的马珂怪怪的，做了这么多年的夫妻，Judy 早看出了他面上的不自然。

马珂额头冒汗道：“……对不起……是没电了。”

“你这衣服怎么这么脏，哪儿蹭的?”Judy 拍了拍马珂衣服上的土，觉得他浑身不对劲。

“不知道哪儿蹭的，今天太忙了……”马珂赶紧脱掉外套。

Judy 这才注意到马珂的鞋不对，那根本不是他的鞋，和马珂穿的这一身很不搭。她奇怪道："你怎么会穿这么一双鞋？你什么时候买过这样的鞋？还有，你的行李箱呢？"

马珂的鞋从来都是 Judy 帮着买，他这人犯懒，一双鞋恨不能穿到坏才想到换，自己又不愿意跑商场。每次 Judy 只好用纸描着鞋底画下来，再带到商场对比着挑。有时商场的鞋码不准，买得不合适，第二天她还得过去换，别提多麻烦。这么多年，她一直用这个土方法给他买鞋。但他脚上这双鞋，肯定是做梦都没给他买过。

马珂支支吾吾："……啊，行李放公司了，鞋是因为……"他一时找不到理由解释，踌躇着不知怎么开口。

Judy 了解自己的丈夫，他一定是遇到什么事了。她疑惑地说："到底怎么了，Mark，发生什么事了？"

马珂知道自己瞒不过老婆的眼睛，便转头说："没事，就是太累了，长途飞机又开会。我是随便跟同事借了双鞋……我先去洗澡了，明天还得上班。"

他这人一撒谎恨不能就脸红，尤其是在 Judy 面前。她的一双眼睛就如射线般，能把人从头到尾看穿。最好的方法只有先躲过去再说。

Judy 只好点头："那你快去洗澡吧，省得明天又迟到。"

马珂赶紧脱身："我先去看看 Daniel……"他离开了客厅，推开旁边房门，只见 Daniel 已在床上熟睡。

Judy 疑惑地看着老公的背影，他的一举一动都和平时不太一样。她知道一定出事了，只是这事是公是私，她不能肯定。

看了看表，时间不早了，她面色不虞，眉头紧皱，但也不打算深究了。拿起马珂脱下来的休闲西服准备去洗，边走边掏兜，一下子一张色情小广告名片掉了出来。她捡起来一看，顿时脸都绿了，心里那个气啊，汩汩地往外冒。

第二天，马珂刚起床就看到了桌上的早餐，Judy 早早做好了三明治。

马珂暖心地拿起来大口一咬，刚想拿起桌上的牛奶喝，便看到杯子旁边放着一张小卡片。他拿起来一看，天哪，正是那天红灯区的妓女愣塞他口袋里的名片。他赶紧揉成一团塞进裤子兜里。再抬眼，正撞上 Judy 严肃的眼神。

他赶紧喝了口牛奶掩饰道："公司还要开会，我得赶紧走了……"说完灰溜溜地逃了。

Judy 瞥了一眼，见桌上的小卡片没了，会意地摇摇头。

她也知道马珂应该做不出这种下三烂的事，但这卡片如何到他身上的，她就有些不明白。想了想，她也不打算追究了，她了解马珂，就算他有贼心，估计也没贼胆。他心里藏着一个懦弱的汉子，她比谁都心明眼亮。

马珂一到公司就被通知开会。他早料到了，二话不说进了飓力能源会议室。

董事长 Chris 正翻阅钟山签署的文件，他一页一页细细地翻，直翻到最后的签名页，他才露出欣喜的笑容："棒极了！干得好啊，Mark！"

坐在一边的马珂不好意思地道谢。

这时 Harrison 开口了："我们以为签这份合同至少会花几个月时间呢。Peter 说，跟中国人做生意跟等待油画晾干一样，速度超级慢的。但这件事再次证明他的观点是错的。”

事到如今还这样说 Peter，马珂觉得也有点儿不尽人情了，便说：“我相信 Peter 一定也尽力了。”

Chris 接着说：“他是尽力了，但是方向错了，在错误的方向用力只会越走越远。他在十二门徒景区惹的麻烦差点儿搞砸了一切。”

马珂没再吭声，他无法想象如果 Peter 还活着，又该如何面对如此难堪的局面。也许他正是想到了这一层才选择结束一切。职场如战场，稍有不慎可能真要搭上自己的性命。想到这儿，马珂脊背都发凉了。

Harrison 得意地说：“幸好我们及时调整了用人方向，现在 Mark 加入团队了，我们应该不会再有什么问题了，对吧？”说完微笑地看向 Mark。

马珂赶紧回以微笑。

还真是三十年河东，三十年河西啊。这风水轮流转，都用不了三十年，这才短短几天。从非洲地震开始，Peter 调过去，他接手；接着，飞机出事，Peter 又自杀。意外的转折莫名地就来了——到吕汉的谈判一路顺利，合同几天之内就签回来了……他都觉得后面的事情顺利得有些出乎意料。一直令他头疼的职场突然变得顺风顺水起来，就连周思凉都活了过来，马珂一时觉得老天有点儿太眷顾他了。

思绪一收，他忽然意识到这是会议室，老板还在问话，便正色回道：“我希望吧。”

Chris 又追问：“接下来还会有什么问题吗？如果有什么问题，最好现在就让大家知道。”

Harrison马上说："对，仔细想一想，还有没有需要公司知道的事情？"他眼光扫过Mark和另外两位一起去吕汉的同事，最后目光停在Mark脸上。那眼神就像在审问，又像在质问。

马珂有点儿紧张，那两个同事互相看看，又看了看Harrison，小声道："应该没有什么了吧……"

马珂不知道老板是话里有话，还是象征性地询问一下，他这榆木脑袋就是猜不透老板的心思。连八面玲珑的Peter都猜不透，更何况是他了。

马珂对着两位上司的疑惑面孔，赶紧又重复了一句："Nothing，没什么事。"

Chris和Harrison对视一下，又看了看对面的那两个同事，这才露出饱含深意的笑容："那好吧，散会，谢谢各位……"

Chris话未说完，马珂的手机就振动起来。他急忙道歉。开会的时候不关手机，这也是要挨批的。

Chris正沉浸在胜利的喜悦中，不在意道："没关系，我们已经散会了……"

马珂赶紧站起身，和大家起身走出会议室。他边走边看手机，显示的是一串不明号码。他犹豫地接起来："Hello……"

"你是不是告诉别人我还活着了？"周雯惊慌的声音意外地传出来。

马珂吓了一跳，看看四周，生怕别人听到。他赶紧捂住手机，悄声说："当然没有，怎么了，出什么事了？"

周雯慌张地说："他们追到仓库来了，幸好我跑掉了，现在在火车上……"她一边打电话，一边慌张地穿过车厢之间的衔接门，从后面的六节车厢向车头方向走。她不知道的是，此刻杀手已经追上了火车。一个大个杀手和银发杀手正在车厢里逐个座位查看寻找，也从六节车厢往前走了过来。

马珂捏着一把汗："你在哪个站？"

周雯在火车上四处看："我不知道，没有标志……"她也奇怪，杀手的信息为什么会这么灵，连飓力的仓库他们都能想到？

马珂急道："是出城还是进城方向？"

"进城。"周雯已经到了第四节车厢，她一转头突然发现了杀手的身影，正是脖子上戴粗金项链的那个，吓得她一时不知该往哪儿躲。

马珂想了一下："你到北墨尔本站下车，我在那里跟你会合。听到没有？"

车厢里，周雯看到一个中国妈妈带着三个孩子，其中两个很小，都在哭，妈妈有些手忙脚乱。她赶紧借机走过去帮忙。中国妈妈感激地跟她致谢。周雯抱过其中一个孩子，一边抚慰，一边护着自己的脸。

马珂握着手机，见思凉没说话，便又着急地重复一遍。

"Mark——" Harrison 的声音突然从身后传来。

马珂吓得一激灵。

Harrison 扔给他一串钥匙："Peter 的办公室，现在归你了。如果有什么需要分享的，我的大门永远为你敞开。"

马珂一时没反应过来，有些不知所措，幸好他刚才打电话说的是中文，Harrison 应该没听懂什么。他接过钥匙，这才回过味来，赶紧一连说了好几个谢谢。如果这事搁在以前，他早乐开花了，第一时间就会和 Judy 分享，甚至还得大吹特吹一番。但现在，经历了那么多事之后，他反而一下子平静了，说惊喜有那么点儿，但更多的好像是惊慌。

Harrison 看着 Mark 的表情怪怪的，又问了一句："你没事吧?"

他强装镇定地挤出一脸的笑："没事，没事，我太太打来的……我正想把这个喜讯告诉她……"

火车上，大个杀手已追到了第四节车厢，周雯抱着孩子露出半边脸，帽衫系在腰上。杀手并没在意，与她擦身而过。周雯吓得轻呼了口气。

火车终于进站了，缓缓地停下。她从第四节附近的车厢匆忙下车，戴着车厢里捡来的棒球帽，顺着人流快步走向出口。

大个杀手正扒着车门四下看，并没有看到周雯的影子。

幸好有棒球帽的掩护，周雯快步走向出口的斜坡，她时不时惊惶地回头看看。不料，刚一转头就被拥挤的人流蹭掉了帽子，大个杀手一下发现了她，他跳下火车，一路推开众人，快步追来。

周雯不顾一切地疯跑起来，跑上斜坡，却又不知接下来往哪儿去。这时，她猛然被人狠狠一把抓住，她刚想大喊，一看是马珂的脸，瞬间捂住了嘴巴。

马珂拉她迅速跑过通道。没想到马珂能这么快地赶来，她喜极而泣。

大个杀手正穷追不舍地跟在他们身后。马珂不安地回头看了看："是昨天那个人……他们到底是谁？思凉，你是不是拿了黑社会的钱了?"这明显不是一般的杀手，训练有素，而且情报准确。

周雯立刻反驳："当然不是!"

"如果拿了别人的钱，你必须还回去！你不能……"马珂心急如焚，如果不是黑社会，不可能追得这么紧，只有欠了高利贷才会这样拼命。

周雯打断道："我根本没拿到钱！"

昨天转账失败，她已然觉得有问题了，老钟不会这么绝，连后路都不给她？但她的藏身之地，老钟不可能了如指掌，看来此事已非常明显，还有人想要她的命，而且就在澳洲。

两人跑过通道，从另一站台斜坡跑下。不远处，两个杀手正好跑上斜坡，他们一眼看到了马珂和周雯，边指着他们边加快速度追来。

马珂焦急地问："思凉，他们不是小混混，他们就是要抓你……他们到底是谁啊？是不是黑社会？你说呀！"

周雯突然想起什么："你的手机呢？"

马珂边跑边拿出手机递给她。

毫不迟疑，周雯把马珂和自己的手机从斜坡直接扔到铁轨上。

马珂大叫："你疯了！我的新手机……"

周雯冷静道："如果不是你说了我还活着，那一定是我昨天转账的手机被定位了。"

马珂惊诧万分："被定位?!"这是怎么了？他怎么有种在拍间谍片的感觉。

两人终于跑到了斜坡底部，马珂拉着周雯翻过楼梯，一个踉跄，她差点儿摔倒在地。马珂一把将她拽到了斜坡下面。杀手从斜坡上跑过，向下望望，并没看到人。

等了好一会儿，见没有动静，马珂带着周雯迅速穿过斜坡边上的小隧道。一列火车正呼啸而过。定了定神，他看到不远处一辆火车正在驶来，再回头一看，杀手紧追不放，他们已穿出隧道，拔出了手枪。

马珂惊恐地睁大了双眼：“天哪，他们有枪！”

周雯也快惊掉了下巴，不敢相信地说：“这不可能吧……他们居然动枪了，现在怎么办？”

千钧一发之际，马珂见火车马上就要开过，他不知哪来的胆量，一把拉住周雯齐齐跳过铁轨，下一秒，列车在他俩身后轰隆一声呼啸而过，正好挡住了刚刚追来的杀手。

周雯吓得按住自己强烈的心跳，如果再晚一秒，他们很可能就会被火车碾个粉碎。马珂爬起来，拉起惊魂未定的周雯，穿过中间的铁轨，跑向不远处停着的列车。

“思凉，他们居然拿枪崩咱们了，他们绝不是一般人……你跟我说实话，你到底是犯了什么事？如果不是黑社会，还会是谁？”马珂的话音未落，子弹砰砰地乱射过来。周雯吓得发出了尖叫声。

“嘟”一声，列车已经开始鸣笛喷气，准备启动。对面的杀手已经跳下站台追过来，子弹一发发打在石头上。平时胆小无比的马珂好像小马哥附体了，一把拉着周雯滚进了列车底部。周雯哪见过这架势，边惊叫着边狼狈地逃生，不想身上的包带被火车底部的铁管挂住，让她动弹不得。

马珂拉着周雯：“不要啦，快把包扔了……”

周雯心想这包里有重要的东西，哪能轻易扔了。她不停地往下拽，最后一刻就在她扯下包的一瞬间，枪声从耳边擦过。马珂狠命地拉她爬出火车底，滚到了列车的另一侧。

铁轨上一列列车缓缓驶来，挡住了正想穿行而过的杀手。

马珂见机会来了，赶紧把周雯拉起来："快跑，趁火车来的时候，快呀——"

他这一生把该跑的步全跑了，而且连同警匪片、凶杀片也一并演了，这几天过得简直比电影还电影。

周雯也好不到哪去，本想借着机会离开老钟，没想到这背后的阴谋已大大超出了她的想象。可她又不能拉马珂进来，生生一个人死扛着，眼看着已到了崩溃的边缘。

两个死里逃生的人跑得魂飞魄散，七窍生烟。

第十六章 | 你为什么不骗我?

“书上说藏一片树叶就要藏到森林里。”马珂故作镇定地冲周雯说。

在这样争分夺秒的时刻，马珂还能想到书上的句子，周雯笑得比哭还难看。

马珂却正色道：“不是开玩笑，这附近都是华人，比较安全。老六是我澳洲的同学，人绝对可靠，你放心……”

“全都听你安排，我除了你谁也不相信。”周雯筋疲力尽，连说话都没有力气。

马珂一边安慰周雯，一边敲了敲老六餐厅的窗户。

老六正在给员工训话，突然见到马珂带着个女人到访，有些意外，忙示意他俩进来。

周雯情绪低落，面色惨白，双眼失神地垂着。

老六的餐厅开在唐人街，他的烤串店生意时好时坏，旺季的时候还算过得去，偶尔也能座无虚席；淡季的时候，店员都比吃饭的人还多，气氛萧条得多。以前太太在的时候，他还开着另一家川菜馆。老六是四川人，川菜自然拿手。两年前太太去世后，他也没这个心了，就把川菜馆关了。毕竟川菜馆食材要求高，烤串就简单得多了，他也不用亲自下厨了。

太太是胃癌走的，之前身体好好的，莫名其妙就得了胃癌，有时他甚至自责，是不是他做菜花样太多了，把太太的胃吃坏了。这也是他关掉川菜馆的原因之一。太太在的时候，还能帮他一把，心里有干劲，有目标。太太去世后，他的劲头也没那么足了，能维持就行了，只求温饱，也不求发财了。

现在流行微信订餐，原来他还排斥外卖，觉得把档次做低了，后来也无所谓了，什么订单都接了。店里专门雇了两个人送外卖，有时店里客人不多的时候，全靠外卖撑着了。

“怎么了这是……”老六看着马珂边上的陌生女人，一脸疑惑。

马珂示意不想当着工人面说，老六领会，便带着他俩向后厨走去。

马珂边走边小声解释：“这是我的一个朋友，叫……S……Sara。”他现编了一个名字，又冲周雯使了个眼色，“这是六哥，我澳洲的同学。”

周雯忙低声叫了一声六哥。

马珂对老六说：“Sara 特能干，能帮上你的忙……工钱你看着给……”

老六疑惑地看看两人，他把马珂拉到一边：“这是你什么朋友啊？怎么从来没听你说过，有身份吗？”

以他多年对马珂的了解，这个女人的身份不一般。

马珂见他一语戳穿，只好摇头道：“有身份就不求你了。”

老六看看马珂，又看看一旁的周雯，略带神秘地悄声说：“你老婆知道吗？”

马珂一脸尴尬地嘴硬道：“知道啊！”下一秒又口气一软，“你可千万别告诉我老婆。”

老六不可思议地看着马珂，真没想到这老实巴交的马珂竟然也胆肥了。

马珂知道老六要说什么，赶忙堵他的嘴：“这次是真的求你帮忙，她就是我一个普通朋友，就想留在澳洲……”

老六白他一眼：“你小子可别玩火！”

什么都不用问，男女之间的眼神是骗不了人的。什么时候见马珂为一个女人如此低声下气过。如果 Judy 知道了，估计他得吃不了兜着走。

这还是其次，最关键的是现在移民局查得严。前几天看新闻，澳洲移民部长发言称，雇主有责任保其劳工（无论海内外）都经正当方式聘用。还特意强调澳洲边防局正在与执法机构展开密切合作，公平工作专员会对非法行为进行更正，并予以制裁。进入澳洲的海外公民也必须遵守其签证条件。谁都知道收留一个没有身份的黑户，后果有多严重。

现在餐馆的大多数雇主都不敢非法用人，有的老板允许非法劳工在自家企业偷着干，如果一旦被人举报，这就是雇主明知故犯让雇员非法工作，或者违反签证规定，雇主不仅要面临天价罚款，还有可能面临刑事诉讼。

隔壁餐馆的老张前一段就因为招了一个黑工，被店员举报，不仅这名黑工立即被遣返，老张也被罚了。但具体罚了多少，谁都没敢问。

“你没看电视啊，澳洲移民部长都出来讲话了，现在查得多严，你可别害我。”老六本来就胆小，再看这女人跟马珂关系又不一般，更不敢沾了。

马珂恳求地看着老六：“我这一辈子可就求你这一回!”

老六哼一声：“胡说八道，你求我的事还少啊!”

他记得当年因为一个误会，Judy 误以为马珂有了别的女人，便要和马珂分手。马珂找老六出面，帮他唱苦情计，这才澄清了误会。其实老六心里也明白 Judy 是没有安全感。但他也了解马珂，他善良心软，尤其对女人总爱帮忙，但他分得清关系，从不会乱来。那次是马珂之前的女同事也想进飓力，让马珂帮忙。后来进飓力没成，又让马珂帮她找其他工作。那个女人老六也见过，照 Judy 差远了，他就知道马珂不可能移情别恋。

但这一次，情况似乎有些不同，老六又看了看周雯，那女人长得闭月羞花的，跟 Judy 眉眼还真有些相似，但更多了一种风情，姿色确实在 Judy 之上。而且马珂的眼神里有故事，有情感，不仅仅是帮忙这么简单。

老六也纳闷，怎么从不知道马珂在澳洲还有这么一位红颜知己？

马珂只好认输道：“这次再求一回，保证以后不求了，这次你一定得帮帮忙，不然她可死定了。”

老六见马珂都快给他跪下了，再看那姑娘可怜兮兮的，只好咬了咬牙转头对她说："你可以住店里，工钱一小时 10 块，别人都是 18，但是不用我管吃住……你就按 10 块吧。"

"知道了……谢谢六哥。"周雯感激地笑了一下。

马珂终于松了一口气。

老六安排周雯去了烤串店楼上的一间小屋，交代道："就暂且住这儿吧。"又转头看着马珂，一脸无奈道，"你帮着收拾收拾吧。"

马珂意会，又冲老六嘱咐几句，赶紧下楼买东西去了。这事他就担心老六嘴快说出去，如果 Judy 知道了，地球就得爆炸。

周雯看着这个杂物间，这里除了堆满了厨具杂物，幸好还有一个双层床。她无力地爬了过去，屁股一挨着床，泪便滚落下来。这些日子她连一天好觉都没睡过。窗外七彩霓虹闪烁，光影斑驳地打到她脸上，和着泪光弄花了她的脸。

好一会儿，马珂提着一个塑料购物袋走进来，周雯赶紧抹掉脸上的眼泪。马珂把一些生活用品摆放好，什么牙膏、牙刷、毛巾一样不少，就连卫生巾他都细心地想到了。接着又拿出了几件简单的衣服，还有两个 Disposible（一次性）电话。最后他又拿出了药品纱布。

周雯在一旁呆呆地看着，心里越发酸楚。

"我得把你伤口处理一下，可别破伤风。"

周雯听马珂这么说，乖乖地把肩膀的衣服除下，任他操作。马珂看她那样子，有些心酸，可也强忍着给她用碘酒消毒。周雯疼得直吸气。

马珂也跟着钻心地疼："……忍不住就哭出来吧，没人笑话你。”

周雯还想努力忍着，可跟马珂一对视，眼泪再也绷不住地成片流下，随即她不管不顾地抽泣起来，声音越来越大，可又怕其他的人听到，便又努力抑制住：“……好疼！”

“再忍一下。”马珂处理完伤口，拆开电话，“这些你先凑合用。电话是一次性的，只能打电话发信息，但是不用登记，以后咱俩就用这个联系。”

周雯接过手机，又抹了一把眼泪。

马珂知道她还在死扛，再次开口：“那些人敢开枪，一定不是什么小混混，你要是不愿意说，我也不问，但是……你现在很危险，你知道吗？”

周雯突然崩溃地哭道：“他们肯定都是老钟的人……”

马珂震惊地看着她：“你丈夫？怎么可能！”

周雯冷静道：“除了你，只有他知道我还活着！我决定叛逃以后给他打过一个电话，说我们好聚好散，我拿着一部分钱消失，他答应了，还祝福我……没想到他居然雇人杀我……我在他心里算什么！他真的是魔鬼！”

马珂马上问：“你跟他要了多少钱？”

周雯坦白道：“一千万。”顿了顿，“美金。”

马珂再次震惊地看着周雯。

周雯愧疚地低下头：“那么多钱不用猜也知道不是什么好来路。不用问你也知道了，我们不是好人。他因为身份敏感，所以那些赃钱、脏事都是由我来办。我觉得自己就像坐在火山口上一样，但凡夜里有个人敲门，我就担心是纪检委、巡视组的人来了。这样的日子太可怕了，脱不开也停不下来……”

在吕汉，当汉煤的生意越做越大，随之而来的举报信也越来越多。但最终都因为证据不足，老钟安然无恙。汉煤集团的纪委书记每周都会把一摞举报信送到老钟面前。匿名举报的直接扔掉，实名举报的更惨，会把信原封不动地送到被举报人面前，接下来不用问，直接就是打击报复。高工就是一个典型的例子，基本上被打压成了疯子。之前，还有一个实名举报的职工，最后老钟搞了个机构重组，愣是把他排挤走了……这些周雯都看在眼里，但她束手无策，也无能为力。举报老钟，就等于举报了她，羊毛出在羊身上，甩都甩不掉。

老钟是学财务出身，账目他向来处理得干净利落，一般人想要抓住他的把柄不太容易。他在国内不开账户，所有的钱都是现金往来，再由她想办法存到国外。她成了老钟的提线木偶，每天生活在提心吊胆之中。每一次他都说是最后一次，但欲望就像无底洞，根本停不下来。跟飓力的这次合作，老钟已发誓说绝对是最后一次，他求周雯再帮他最后一次。毕竟是一根绳上的蚂蚱，周雯知道，如果老钟出事，她也得死，一个主谋，一个帮凶，谁也逃不掉。

老钟答应她，这次之后就金盆洗手，在国外买房子安度后半生。她信了，她要求老钟把房子买在澳洲，因为马珂在澳洲，她偷偷藏着私心。老钟一口答应，所以才派她也参加这次考察团，说让她好好考察一下澳洲的房子，随便她选哪儿。现在想想，她太天真了，竟然真能信以为真。夫妻做到这个份儿上，还真是悲哀。她也不明白，为什么结婚十几年了，她始终看不透他，家里的钱后半生都用不完了，可贪念始终填不满。

回想最初结婚的时候，老钟还是局长秘书，那时的他勤奋努力，谦虚周到，周围的人没有不夸的。她记得有一次，老钟陪局长去近郊开会，晚饭吃火锅，局长非要点丝瓜，当时的火锅店老板为难地说，这里还真没有丝瓜卖。老钟立刻给她打了电话，让她买两斤丝瓜送过来。当时周思凉那个不愿意，但为了给老公面子，也只好现买了丝瓜开车送过去。

局长吃到丝瓜后，恨不能把老钟这个秘书当成了亲人。这还不算，以后但凡知道这顿吃火锅，老钟早早就把丝瓜备好。他自认在秘书这个位置，别说吕汉，就是放眼全国，也没有谁比他做得好——局长要个发言稿，他一夜不睡也得弄出来，就为了让领导觉得他做事速度快；局长出席活动，穿什么衣服合适他都要提前跟局长报备好，甚至局长的鞋带开了，他都能立马弯腰帮他系上，对自己的亲生父亲他都尚且做不到这么细致，对局长他全做到了；陪局长出差，住什么饭店、吃什么特色美食，他提前都做好攻略；安排饭店他也绝不是随便订房间，不光房间不能临街，还得每个领导各住一层。

当时周思凉就不明白，都是同事，为什么还安排每个人住不同的楼层？老钟就骂她笨，谁知道领导晚上还有什么活动安排，每人各住一层，各自保护好隐私，谁也不用忌讳，这多省心。周思凉不得不对他刮目相看。这样的秘书哪个领导都会喜欢。但人性就是这样，之前有多卑微，之后就有多跋扈。

老钟当秘书的那几年，他们的小日子还算赏心悦目。从钟秘书变成副局长开始，欲望之门就悄悄打开了。那时候还是公务员身份，送礼的人虽不少，但数目都不大，小打小闹的，周雯也没有在意。等老钟裸退进了汉煤集团，当了一把手之后，血盆大口就越张越大了。她还记得，当老钟有一次拎着几个垃圾袋回来的时候，她还骂他什么垃圾还往家带，等所有的袋子打开，满眼都是人民币的时候，她惊呆了，吓得几天几夜睡不好觉。从那时开始，她就知道，从此她的人生就像坐在了火山口，永无安宁了……

马珂难以置信地看着眼前的周思凉，这十几年的时间，她都经历了什么！他崩溃道："你可以离婚啊！"

周雯苦笑一下："你太天真了，我知道他那么多的事情，你觉得他会跟我离婚吗?！你不是问我为什么叛逃吗？这就是原因！"

离婚的事她都不知提了多少次，当老钟不断地往家提垃圾袋的时候，她崩溃地把离婚协议书甩给他，老钟抓起来就撕了。

"所有的女人都贪图荣华富贵，只有你这个蠢女人才会跟钱过不去，现在的生活不好吗？过得不舒心吗？多少女人求着我，我都不看一眼，你还要跟我离婚，你是不是疯了！"老钟的话从来没有余地，做到这个位置，离婚只会给他抹黑，况且跟哪个女人结局都一样，根本没有换的必要。老钟早思量到这一层，任周雯说破嘴，他就是不离婚！

周雯跟他对骂、大吵，甚至动手，老钟放下狠话："你跟我离婚，只会死路一条！"

想到这些，她就瑟瑟发抖。

马珂愣愣地看着她，无法言语。

周雯说着指了指床角自己的那个死不肯丢弃的小包："这里面是我全部的家当了。我昨天转账，他马上通知银行取消了交易。他知道只要我活着，他就永远活不踏实……他眼里只有钱，谁想分他的钱就是找死，更何况我还跟他要一千万美金……可这一千万对他来说多吗？”

马珂想象不出一千万美金对他来说意味着什么，别说一辈子，就是几辈子也赚不出来。而周思凉却在拿一千万讨价还价。虽说是十几年没见面，但他们之间的差距又岂止是能用时间定义的。

“现在想想，还不如当初我上了那架飞机……也不至于现在受这样的罪……”周雯说着又止不住地啜泣起来。

马珂不知道怎么安慰，他心疼地坐过去，内心一片纠结。他把小包拿过来放到周雯手上：“你不会真想死的，火车道上你死活都不放这个包呢。”

周雯被他这话气笑了。

马珂却没有笑，他低着头，像对周雯更像对自己说：“你放心，我不会丢下你不管的，你还有我……”

不管这些年周思凉经历了什么，在马珂心中，她永远是那个柔弱得需要他保护的白衣少女。

深夜，马珂回到家时，Judy 还没有睡，正坐在厨房餐台上用电脑做电影特技。

马珂蹑手蹑脚地把打包的烤串放到餐台上。

Judy 冷冷地瞥了他一眼，什么也没说。

马珂知道接下来她马上会发作，他最怕这种爆发前的沉默。于是，他马上主动交代，有点儿心虚道：“我加完班去了老六那儿，给你带了羊肉串，我给你热一下啊。”

这时 Daniel 的房间门开了一条缝，他探头出来，用动作示意老爸不要多说话，形势不妙。

马珂看着儿子在那儿胡乱手语，也搞不清楚他要说啥。

接着，Judy 突然冷着脸问："我打了你四小时电话，你的手机都关机。"

马珂吞吞吐吐道："我的手机丢了……"

Judy 哼笑一声："编，你接着编。"

马珂有点儿意外 Judy 会这么说，硬着头皮坚持道："真的丢了。"说着开始翻各个兜，"你看你看，没有吧？"

Judy 压根没看，低下头拉开抽屉不知在找什么。

见 Judy 没说话，他以为蒙混过关了，便松了一口气，赶紧转头去热烤串。谁知刚把烤串放进微波炉，手机就哔哔地响起来。

Judy 霍地走到他面前，怒目圆睁，严厉的眼神吓得马珂一哆嗦。

马珂大脑一片空白，一时都没反应过来是手机在响。此时，哔哔声又响起来——马珂这才看见了藏在袜子里的手机正透过裤子不停地闪着光。

Judy 跟马珂的视线轨迹完全重合到了一起，电光石火间，马珂尴尬万分道："老婆，不是你想的那样……"

Judy 气愤地打断："我想什么？你想让我想什么？Mark，我一直觉得你窝囊，但起码你还老实，可是现在……你……"

眼看着吵架的声浪要盖过来，Daniel 适时地从房间里探出头来救火。

Judy 一眼看到在门口探头的儿子，径直走过去粗暴地关上房门："你进去！大人说话，没你什么事！"

头一次见 Judy 连儿子的面儿都不给了，马珂胆怯道："你怎么了这是……”说着他从袜子里掏出手机，“对，我有了个新手机，是因为工作需要，但我不想告诉你，是怕你多心……”

Judy重新走回他面前，没好气道：“多心！好，你听着……”说着她拿起手里的一个手机，就开始对着屏幕碎碎念，“hey，dude，I saw your little secret last night（嗨，哥们儿，我看见了你昨晚的小秘密）……算了，我还是直接跟你说中文吧，省得你说听不清！‘没想到十二门徒如此浪漫，相信你昨晚肯定和周女士过得又疲倦又愉快，早上起不来也情有可原。我就不跟公司汇报了，你知道我一向懂得保护朋友。关键你要把后面的事情安排好，不要耽误了代表团回国的班机就好。祝你好运！’”

马珂的脑袋嗡的一声，这是什么情况，他完全蒙了。

Judy看着他蒙圈的样子，干脆直接把那手机拍到他手里：“你的手机修好了，一开机就看到这条信息。我很想知道，这位周女士是谁？”

马珂赶紧拿过自己的旧手机读了那条信息，原来是Jerry发来的！看了看发短信的时间，应该就是那天飞机起飞前他发的短信。他又怎么会知道这件事？真是活见鬼了！再冷静地想了想，那天Jerry也登上了那架飞机，后来他也跟着遇难了……想到这儿，马珂也不愿意深究了，人都死了，还说这些做什么。

他张了张嘴，努力想解释什么，可又有些百口莫辩的感觉。

纠结了好一会儿，他才支支吾吾地说：“我……以前跟你说过的……她是我，大学同学。”

Judy半晌才反应过来：“周思凉？”

马珂无奈地点了点头。

Judy的心跳莫名地加快了：“她来澳洲了？”

周思凉这个名字她是怕了半辈子，没想到还是出现了。

马珂再次点点头，事到如今不得不坦白了。

Judy 不能接受地摇摇头：“你们那天夜里在一起了?”眼睛已经有泪水在打转了。从她认识马珂那天起，她就知道因为周思凉这个女人，他活得人不人鬼不鬼。她用了多少时间才将他唤醒，她用了多少爱才将他唤回。可如今，这个女人又出现了，而且一出现就将他重新打回了原形。这十二年的时间啊——这里面包含的所有青春和爱都不及周思凉突然出现的一晚！真是一竿子打回解放前，她所有的努力全白废了！

看着 Judy 怔愣的面孔，马珂连声说对不起。

Judy 气得面孔发紫，喉咙却被酸涩堵住，说不出一句话。

两个人互相看着，大眼瞪小眼。屋里寂静无声，两人的心里却是跑着千军万马。

片刻，Judy 的喉咙终于能发出声来，她歇斯底里地吼道：“你为什么不骗我——”

马珂愧疚地说：“你说过你最恨撒谎。我已经做错了一件事，如果再骗你不就是错上加错……”

Judy 心里的那堵墙塌了——长久以来，对自己的丈夫最信任的那堵墙，恍然无声地倒塌了。她呆呆愣愣地看着马珂，就像在看一个陌生人，半晌说不出话来。还能说什么呢?

“对不起……我……”马珂说着要过来安慰。

Judy 马上后退一步，吼道：“别过来!”话落突然她转身上楼，狠狠地关上楼梯的小栅栏。

马珂见状知道不妙，想追上去，Judy 又回头大吼：“你别上来！听到没有!”

马珂一下立在原地，老实地把楼梯的栅栏门关上。

Daniel 在房间里听到了所有大吼。他不安地再次把头探出房间，同情地看着老爸，那表情似乎在问："你们怎么了？"

马珂瞥了一眼儿子，无奈地摇摇头，什么也不敢说。

Daniel 蹑手蹑脚地从房间里走出来，他抱出枕头和毯子，给老爸放在沙发上。好似这一切他早就准备好了一样。

马珂站在客厅中间，尴尬地看着儿子的举动，突然有种想哭的冲动。

之后，Daniel 听话地爬上餐厅的椅子，看着老爸懂事地说："……我陪你吃羊肉串吧。"

马珂苦笑着坐下，硬是把眼泪逼了回去。

父子俩无声地吃着羊肉串，楼上隐隐的哭泣声此起彼伏，搅得人心乱如麻却又心急如焚。

"你为什么不骗我？"

"你为什么不骗我？"

"你为什么不骗我？"

Judy 的声音反复传来，马珂看到的却是一张张周思凉哭泣的脸。他错乱地看向前方，却始终找不到焦点。

第十七章｜他不是自杀!

愣愣地看着“Director of Public Relations——公关经理”的门牌，马珂竟挤不出一丝笑容。

这间办公室曾是他梦寐以求的地方，能搬进这间办公室是他做梦都会笑醒的事——今天他真的搬着两个纸箱坐进了 Peter 曾经的办公室，却连一点儿晋升的喜悦都没有。

直到周围的同事过来跟他道喜：“Wow，搬家啦，恭喜……”他才配合地笑笑——那副皮笑肉不笑的死样子曾是他最烦 Peter 的地方，没想到第一天坐在 Peter 位置上，他竟本能地学会了，不是模仿，是发自内心的皮笑肉不笑。

办公室里早已被收拾得干干净净，里面再没有 Peter 身上烦

{小说《吹哨人》呈现更多意想不到的情节}
薛晓路
焦华静
著
薛晓路 导演
吹哨人
THE WHISTLEBLOWER
QQ阅读
新世界出版社
NEW WORLD PRESS

人的男士香水味，只是书架上还留着他之前的划艇模型。马珂直挺挺地走过去，拿起划艇模型，不知为什么，他竟然有些怀念他，甚至怀念那淡淡的曾厌恶至极的香水味道。

怔愣了好半天，他才想起收拾纸箱子里的东西。

这时，秘书 Rose 走进来打招呼，才猛然发现门上 Peter 的名牌还没有来得及换掉，她赶紧把 Mark 的名牌插了进去。这才重新敲敲门，殷勤地立在门口："马先生，你要不要咖啡？"

从没享受过秘书待遇的马珂受宠若惊地回道："不，谢谢，我自己倒就好。"

Rose 是澳洲出生的华裔，英语就是她的母语，个性开朗，也会察言观色，在公司混得不错，年纪轻轻就已做到高管秘书的职位。

马珂说完才发现桌子上放着一个包裹。他看了看，收件人写着 Peter 的名字，他便问："这是什么？"

Rose 解释："今天早晨前台收到一个 Peter 的包裹，他们不知交给谁，就送到他的老办公室。我可以为你处理掉它。"

Rose 本来是想偷偷处理掉，但又怕公司的人说闲话，干脆就让 Mark 自己处理吧。Peter 自杀以后，她的心情也一直不好。于私，她不得不承认对 Peter 的感情从没有停止过，人突然就这么走了，让人难以接受；于公，Peter 走后，自己这个秘书位置突然空了，也有点儿尴尬。

现在，Mark 成了她的上司，倒正好补上了这个空缺。Mark 为人随和，好相处，她倒是松了一口气。

马珂忙说："我来处理吧。"他拿过包裹，仔细看看，却发现秘书还站在门口没动，便问，"还有什么事吗？"

Rose 马上说："我想说，任何我能做的，告诉我就好了。现在你是我的老板……"

之前她和 Mark 交集很少，印象中都没怎么说过话。现在突然成了她的上司，总得表现一下。

马珂看出了她的局促，便放松道："哦，谢谢 Rose……嗯，那麻烦你帮我补办一张 Sim 卡吧，原来的手机丢了。"说着马珂把手机交给秘书。

Rose 面露笑容道："没问题，老板。"总算有了工作安排，她才走出去，关上门。

突如其来多了一位秘书，马珂还真有些不适应。等 Rose 走后，他才打开了桌上那个包裹，里面是一件旧外套。这外套好像是 Peter 的，但他又不敢确定。马珂疑惑地拿起包裹查看上面的发件地址，地址显示是十二门徒洲际酒店。他努力回忆了那天在十二门徒他最后一次见到 Peter 的情形——那天 Peter 慌慌张张地闯进宴会，好像在前台跟服务生交谈了几句，他把外套脱下给了前台。之后，他好像先跟宋团长说了几句，又跟 Harrison 打了招呼。再接下来，他举了杯红酒过来跟他胡嚷了一通。现在想想都不明白那天 Peter 是怎么了，吃错什么药了，还拿多少年前的旧事奚落他。

马珂从回忆中清醒过来，他拿出那件外套，仔细查看起来，摸摸兜里似乎还有什么东西。他陆续拿出了眼镜布、名片，最后在内兜里摸出一张皱巴巴的支票。

居然还有一张支票！马珂一惊，支票显示支付方是飓力能源公司，开给一个叫 Tom Baker 的人，金额是 80 万澳元。

这是怎么回事？马珂一脸疑惑，反复看着支票。这个 Tom

Baker是谁？为什么会给这人开80万澳元？

他犹豫地坐下，迅速打开电脑，在Facebook上查这个人。

输入“Tom Baker”后，他的主页出现了各种奇怪的照片——有玩具小火车的照片，从开始拼到整个火车轨道如何搭建的过程都被记录在上面，以及一些非洲的景色，还有Tom和别人的合影。合影不多，一位非洲女人跟他依偎在一起，好似关系很亲密，也有一些和白人的合照。最特别的一张照片，是Tom坐在一个咖啡馆里，那表情似乎不太开心。马珂把那张照片放大看了看，他发现桌上菜单上有咖啡馆的店名——“Sand Cafe”。

其他马珂也看不出什么名堂，他又挑了一张合影放大看了看，忽然发现照片后景的办公桌上放着有飓力能源公司logo的马克杯和便签纸。看来此人跟飓力能源公司有关系。

马珂想了想，便打电话给Rose，请她帮忙查一下公司有没有Tom Baker这个人。

Rose说了一句：“稍等，我现在马上查，您不用放电话。”很快，她就回复说公司并没有这个人。

马珂刚想作答，突然他的一次性电话响了起来。他马上挂了这边的电话去接周雯的，心里七上八下，不会是又出了什么事吧。

周雯惨淡的声音传来：“……马珂，你来一下行吗？”

马珂一听就知道情况不妙，这个思凉肯定是捅娄子了。

等马珂赶到烤串店，走到后厨，眼前的一片狼藉让他吓蒙了，微波炉周围的地方被炸得乌黑一团。

老六正在费力地擦地，见马珂过来，便不快地抱怨起来：“你这朋友什么什么都不会干，让她出来端盘子，她不肯；让她在后厨帮忙，她连肉串、肉筋都分不清！我肉筋比肉串一个贵五毛钱呢！你看看这儿，她能把锡纸包的鸡翅放微波炉里加热，把我的微波炉生生给炸了，没点儿生活常识吗?！”

周雯怯生生地站在一边，动也不是，不动也不是。

马珂赶紧一个劲儿地道歉：“真的对不起，对不起。”

他知道周雯当了多年阔太太，肯定是什么活儿也不干的。他边说边拿起旧报纸帮忙清理。

周雯闷闷不乐地立在旁边，委屈地低声说：“我赔钱了。”

老六听了这话，更气不打一处来：“嘿，不说赔钱还好，小姐，一个微波炉多少钱你知道吗?”

周雯胆怯地摇摇头。别说在澳洲她不清楚，就算在国内一个微波炉多少钱，她也弄不清。

老六道：“一个微波炉最贵也就六百多块，她倒好，哗啦哗啦拍出两千，吓死我了！我们澳大利亚人谁随身带这么多现金，不怕打劫啊！Mark，我也看出来了，这 Sara 小姐不差钱！我搞不清你们什么来路，我也不想给自己惹事，瞒着 Judy 我心里也难受。Mark，你还是把 Sara 小姐带走吧。”

马珂见状，赶紧安慰：“老六，你消消气，我没想到给你惹这么大麻烦。咱们先不说别的，先把这东西收拾了。你不用动手，我来就行……”说着他继续拿旧报纸帮忙擦墙，他真不知道除了老六这儿，还有什么地方能安置思凉。

忽然一张旧报纸吸引了他的注意力。报纸上是有关赛艇比赛的报道：“历史性的 0.1 秒——矮人赛艇队十二年逆袭成功，再登世界大师杯赛艇锦标赛冠军宝座。”

老六见马珂并没有要走的意思，便拉下脸来：“你俩这是要干吗？你们要干点儿什么也不用非得在我这儿吧！她这么有钱，什么酒店不能住？Mark，你心里想想，对 Judy 你良心安不安啊……”

老六的话却并没有挤到马珂耳朵里，他只顾看报纸，那表情认真得有些吓人。

老六气道：“Mark？Mark？”

周雯在边上也愣了，马珂这是在看啥？

马珂完全不顾他们诧异的眼神，只顾盯着新闻看，那场比赛夺冠时间是悉尼时间晚上 8：05 分……

Peter 那晚在宴会上发飙的情形又来了——“Check the gate，你难道不知道这是比赛前最重要的事吗！”“这个合作非常重要，事关中国，你要记住 Check the gate！你不能有任何失误……”

马珂突然一激灵，脑袋好像被什么人猛拍一记，不对，这里面有问题，一定有问题！

“Mark，你还是把 Sara 小姐带走吧。我实在帮不了这个忙啊……”老六见马珂不说话，只好又重复了一遍。他感觉眼前这个女人不能收留，说不定有什么不可告人的背景，再加上没有身份，这种问题女人迟早是要出事的。即使是老同学的面子，此刻他也顾不上了。本来小店的生意就紧紧张张，如果再被人举报，他更别想活了。

马珂拿起报纸，眼里却不再有畏惧，跟老六道了声谢，拉起周雯就走了。

周雯有些不明就里，不知所措地跟着马珂上了车。

拿起报纸的那一刻，马珂心下豁然，Peter 一定不是自杀！

第十八章｜追查到底

马珂直接把车开到了警察局。

Peter 的死有问题，他必须要查清楚！这张报纸就是证据！

周雯见他把车开到了警察局，心脏沉笃笃地跳起来，她不知他要干什么。她惊恐地看着马珂："你为什么把我带到这里？你……"马珂的每一个动作似乎都对她性命攸关。她从没有像现在这样怕死。

马珂一路都在想 Peter 的事，这才反应过来："我去调查一件事，你躲在车里，千万不能出来，知道吗？"

"你不会是要……"周雯吓得面色苍白。她以为马珂要出卖她，可又难以置信。马珂不该是这种人，可危难面前人人自保，什么都有可能发生啊。

马珂反而笑了：“对啊，我要把你送到警察局。你这个傻丫头，记住，在车里等我！”

周雯这才吁出一口气，现在的她杯弓蛇影。

这一幕正巧被一双眼睛瞥到，那警惕又透着凶狠的眼神不停地扫到周雯脸上。

周雯把帽子压得低低的，躲在车里不安地四处逡巡。她看着马珂的背影，惶恐不安。

马珂直接去了法医部。

但打听了一下，这里的工作人员都冷冷的，并不想接待他。

吃了闭门羹，马珂在走廊里来回走着，一筹莫展。

好一会儿，他才想到了一个人，Judy的教会朋友Maggie。前一段，听Judy提过，Maggie交了一个法医男朋友，姓刘，好像就在附近的这间警局上班。但他又不好意思去跟Maggie打电话确认，只好再次找到工作人员说要找刘法医。

工作人员瞥了一眼马珂，便给刘法医打了电话，耳语几句，便又问他：“刘法医问你是哪位，有没有预约？”

马珂尴尬一笑：“噢，你跟他说，我是Maggie的朋友，有点儿事想找他……”

一提Maggie的名字果然有用，工作人员告知了刘法医的房间号。

马珂连连道谢，一路小跑去了三楼。

说明来意后，马珂还特意强调了一句：“我老婆和Maggie是闺蜜，一直听她提起你的名字……”

刘法医听了这话无比受用，笑笑：“Maggie的朋友就是我的朋友。”

马珂赶紧掏出名片，又自我介绍了一番：“我是飓力能源公司的公关部总监，对于 Peter 的死，我们都感到很痛心……”

刘法医便也没有见外，拿出了一份卷宗，跟他解释：“……现在社会压力大，每年因为抑郁症而死的人不少，亚裔更多，占 6% 呢。不光是 Peter Wu，你我都是高危人群。哈哈，所以咱俩现在能活着就已经是胜利了。”

马珂在边上尴尬地笑笑，不知怎么接话。

刘法医突然回过味来，便问他：“对了，你……你叫什么来着?”

刘法医似乎也不在意马珂的回答，摸自己兜里的名片。

马珂赶紧重复道：“我叫 Mark Ma，是飓力能源公司的公关部总监。那天在 Peter 家里，就是案发现场，我们其实见过面。”

刘法医已经从兜里掏出了之前马珂递给他的名片，拿出来再次一看：“哦，对了，你刚才给过我……PR of GPEC，你们干吗，是想看 Peter 的死亡记录？有什么问题吗?”

马珂掩饰地说：“哦，我们考虑做一些自杀预防讲座，想给员工们做一些心理讲座……所以想再来了解一下具体情况……”

“嗯，确实应该参考一下，不过不能拍照，不能录像。”

两人说着来到了阅读室的门口，刘法医打开门，找出了Peter 的档案。

马珂使劲点头，赶紧打开档案翻看起来。他觉得 Peter 不可能自杀。Peter 是工作狂，不可能口袋里放着公司 80 万的支票不去处理，除非他是来不及处理……而且他是个划艇迷，当天正在进行划艇比赛……

从警察局出来的时候已近黄昏，马珂眉头紧皱，一时不知往哪个方向走。迟顿了几秒他才反应过来，赶紧朝自己的车走去。

一上车，周雯马上问他："怎么样，有什么情况？"

这时，一辆顶部有警灯的车子从他俩旁边经过，马珂心下一惊，生怕他们看到周思凉。

周雯马上安慰道："没事，我戴着帽子，应该没人认得出来。"

马珂系上安全带，赶紧发动车子离开了警察局。

驶出一段后，他才敢说话："Peter不是自杀！他不是自杀！"

此话一出，周雯诧异地张了张嘴。

马珂把车速减慢，他打开手机递给她。周雯一看是一张Pete的死亡现场照片。

马珂边开车边说："我偷偷拍了张照片，你看他房间里的电视机是开着的，上面放的是体育频道，说明Peter死的时候正在看电视。当天晚上，体育频道正在转播大师杯赛艇锦标赛，澳洲时间8点05分矮人队夺冠，而Peter的死亡时间被推断是在6点到8点之间。Peter是个划艇迷，不可能不等这5分钟。就算他要自杀，也会等到比赛结束。"

他边说边想象那晚Peter在家的情形——他打开电视看比赛，接着拿出胰岛素注射，比赛正在激烈进行，并马上就要结束，他怎么可能在这个时候给自己注射过量胰岛素，而不管比赛结果呢？可现场并没有搏斗痕迹，那究竟Peter是怎么死的？

周雯也反应过来："所以你的意思是Peter是被杀的？"

马珂肯定地点点头："否则怎么解释呢？我觉得Peter一定是知道了什么秘密才引来杀身之祸。我刚才看他的档案显示——他死前打过两个电话：一个是打给十二门徒洲际酒店，”他想到了那个包裹，“他是让酒店帮他把外套寄过来。你还记得那天在十二门徒的晚宴，他跟我说了 Check the gate，之后就被 Harrison 带走了。那天他的外套落在了酒店，也就是说他是被 Harrison 强行带走的，连外套都没来得及拿。但外套里有重要的东西，是公司给 Tom 的 80 万支票。这也是个很重要的证据，所以 Peter 一定要拿回来，所以让酒店寄回给他。他怎么可能自杀呢？”

“我以为他那天喝多了，看来并不是……”周雯怔忡地说。

“他最后一通电话拨出于 7：30 分，电话号码是日本的，我打过去是日本一个地质学教授。”

周雯忙问：“他找日本地质学教授干什么？”

马珂继续说：“Peter 是问教授写的一篇论文，从地震波分析自然地震和非自然地震的区别……教授把在 Tweettweet 上的论文链接发了短信给我……”两人正说到关键处，突然，一辆车从后面撞了上来。

两人吓得回头一看，是追尾了。

马珂下意识地说了一句：“糟糕，好在有保险……”

话未说完，突然那车再一次撞过来。

糟了，并不是追尾，是有人在追杀！两人都反应过来。

马珂紧握方向盘，冲周雯喊：“小心，系好安全带！”

后面那辆车紧紧顶着马珂的车，全速向前冲。而前面正好有一辆校车，车上的孩子们透过后车窗，看着即将要冲过来的车都害怕地发出了尖叫。

周雯吓得喊道：“快刹车！”

马珂也慌了神：“刹不住！！”

就在马上要撞上去的最后一刻，马珂死打方向盘，车子拐过了校车。

“啊——”周雯吓得快失控了。

躲过这一劫，马珂全力加速，试图甩掉后面那辆车。无奈那车就像狗皮膏药，甩都甩不掉。

周雯胆战心惊地盯着前方：“怎么他们会又发现我们，是不是因为你的手机?”

“不可能，我手机在补卡，身上只有咱俩联系的一次性电话。”

马珂拐到了另一个路口，不想却突然多了一辆车，和马珂的车并行。

周雯和马珂都看到了，那车里的司机正是之前一直追杀他们的大个子杀手。

“又是他！混蛋!”周雯骂了一句。

马珂快速瞥了一眼，副驾驶座上还坐了一个人，而此人格外眼熟，尤其是他警惕又透着凶狠的眼神。

想了半天，他慌神道：“副驾那人我见过，他叫 Logan，在十二门徒，他和 Harrison 在一起，就是他最后带走了 Peter。”

难道 Harrison 也参与了？这个 Logan 和 Harrison 什么关系？马珂一分神，一下撞到了街边的护栏，车子差点儿失控。

两辆车忽前忽后，忽左忽右，把马珂的车夹在中间，逼入了逆行道。

马珂心想，必须先甩掉一辆。他在逆行车队里，再次惊险地急转头，其中一辆车突然失控，被撞翻过去。那一刻，一直住在心里的那个懦弱汉子竟然被他亲手打死了。

周雯大叫一声："太好了，干掉了一辆！"

而 Logan 的那辆车并无大碍，继续追击。

开到一个陌生路口，前方是一条窄路，两边挤满了车。马珂硬着头皮把车开进去，撞掉了一排路边停着车子的后视镜。最后一辆车正好有司机下车，马珂和周雯大叫："快回去！"

那司机吓得魂都快没了，赶紧缩回腿，瞬间马珂的车子就把那辆车的车门撞飞了。

周雯也跟着惨叫一声，再回头一看，Logan 的那辆车仍在后面紧追不放，而且越来越近。稍不留神，那车就并行过来。

到了路口，突然红灯亮了。马珂一个急刹车，猛地将车停住。

周雯大叫："都这个时候了还停什么车啊！"

马珂也大叫："那我也不能闯红灯啊！"

而后面 Logan 的车却惯性地冲了出去。马珂趁机转弯，拐到路边一个地下车库的出口。周雯急中生智，突然拉一把马珂的方向盘，车子愣是从出口拐进了地下车库。

马珂又大叫："你这是违章啊！"

Logan 回头看见马珂把车拐向另一边，正准备掉头去追，正好一辆公交车驶入，自己的车倒不回去。他们只得推门下车，边上一个骑车人正好被撞倒。

Logan 不管不顾地冲了下去，嘴上骂骂咧咧道："他们怎么可能红灯停车？傻瓜吗！Shit！这简直不合情理！"说着他拔枪冲向路口。

而当他跑到路口时，已经四下无人了。他气愤地骂了一句："该死的，又跟丢了，搜不到他的手机信号，无法定位，怎么继续找啊！”

那个大个杀手说：“要不去他家守着？”

Logan又骂了一句：“你有病吧，他还带着那个女的呢，你会把情人带回你老婆家吗？笨蛋！”

大个杀手一脸困惑：“那怎么办？”

Logan突然灵光一现：“去查那些不要证件的酒店！”

第十九章｜你们到底在搞什么鬼?

没有马珂的消息，Judy 心神不宁。

一面恨他，一面又担心他，这叫什么？自作孽，活受罪。

心里的那堵墙坍塌之后，还在找理由想办法一点点重建起来，想想自己都觉得可笑。

早上给 Daniel 切水果的时候，刀子就这么不长眼地从手指切下去，她竟然都没感到痛。

血汩汩地冒出来，她用了六张创可贴都没止住血，实在没办法，她把 Daniel 送到学校后，自己去了医院。没有 PR，挂急诊也得等，两个钟头后才听护士叫到她的名字。女护士瞥了一眼伤口，让她先回去止血，止住了再来。Judy 差点儿疯了："我就是来止血的啊！就因为在家止不住我才来的！”

另一个护士走过来，倒没跟她理论，直接给她用酒精消毒然后用棉布包好，直接收了相当于四百人民币的包扎费。

Judy 抗议道：“大夏天的容易出汗，这样包起来好得更慢吧？很可能还会化脓。”

护士说不会。

Judy 仍不死心地说：“要不要打个破伤风，那么大一个伤口，我怕会感染……或者开点儿抗生素？”

护士白了她一眼：“你们亚洲医生就喜欢乱开抗生素，回去多喝点水就好了。”

什么喝点水就好了，这又不是感冒！Judy 气得也没话说。

快到家的时候正好碰到朱朱，Judy 郁闷地跟她抱怨了一通。

“唉，你们俩还是申请 PR 吧，老这样也不是事啊。”朱朱都替她着急。

“马珂这个死脑筋，我都不知道说他什么好。要是早点儿申请早办下来了。也许之前他就是故意不想办，说什么他妈不让办，想想都是胡扯……”想到周思凉，她突然有了这样的念头。怪不得一直不办 PR，心里有牵绊，哪下得了决心在这里定居。

朱朱瞪她一眼：“怎么会呢，你想多了……”忽然她一拍脑袋，“瞧我这猪脑子，我家有云南白药，你还上什么医院啊，赶紧我找给你。上回我切手了，抹了点儿云南白药，马上止血了。”说着就拉着 Judy 往她家走。

后来，Judy 的手还真让云南白药救了。

看着朱朱小心地给她上药，Judy 的眼泪噼啪往下掉。

“怎么了这是？没事的，这是小伤，我上回那口子比你这个还深呢，以后切菜什么的可得小心……”朱朱哪知道她的心事。

Judy 想说，可又觉得周思凉毕竟出了事故，她还能跟一个死人叫劲吗？那也太不大度了。

想了想，还是把到嘴边的抱怨咽了进去。

“怎么，有心事？马珂又让你生气了？”朱朱看出了 Judy 的脸色不对。一道伤口不至于会伤心至此。

“噢，没什么，我就是嫌他太懒，也不做饭，害得我切了手……”Judy 应付了一下，也不想多说了。

“唉，我们家老王还不是这样，哪顿饭不是我张罗。每天他下了班就跟大爷似的，上下嘴皮一碰就想吃东西，还变着花样让我做。昨天，他居然跟我说想吃烤鸭，我让他去吃屎，这边哪有个正经烤鸭店啊，他居然还让我去学着做。你说他多可恶啊！”朱朱开启了抱怨模式。

Judy 这才想起还不知晚上吃什么呢。她看了看表：“一会儿要去接 Daniel 放学，他就爱吃意大利面。你看看，我还不是一样，大的小的都得伺候。”

“你手不好就别做了，要不晚上到我家吃吧，吃火锅怎么样？我这儿有菜有肉。”朱朱善解人意道。

Judy 有些不好意思：“老在你家蹭饭，没事，煮面倒简单，还不知马珂几点回来。”

朱朱同感道：“就是，我们家老王还不知几点回来。这几天他加班，每天都七点以后回来，我只能干等他。我要是先吃了，他还不乐意。”

“就是啊，没事，你多等他会儿……我先回去给 Daniel 做吃的，他一回来就能吃上。”Judy 刚想走，又被朱朱叫住。

她从冰箱里拎出一袋水果："给 Daniel 拿回去吃。"

Judy 还想推托，朱朱一把挎住了她的胳膊："你要不拿，我就得亲自给你送过去。"

Judy 也只好作罢。有个好邻居幸福指数都能升高好几倍。

回到家，果然，悄然无声。马珂还在外头飘着，音信全无。

Judy 忍着气，围上围裙钻进了厨房。

就在她正煮到一半的时候，门铃响了。当马珂和周雯同时出现在 Judy 面前的时候，她惊讶得眼珠子都快掉出来了。

她围着围裙，一手拿着铲子，锅里正煮着意大利面，满脸的难以置信。她盯着周雯，就像看到鬼一样。

冷静一下，她还是转向了马珂，特意有所顾忌地用英语质问他："她怎么可能还活着？她不是已经死了吗？"

马珂尴尬地立在客厅，一动不敢动："……周小姐能听懂英语。"

Judy 彻底炸毛了，又换回了中文："对啊，你们都不在乎，我还不好意思什么！你们到底在搞什么鬼！Mark，我真小看了你，这生生死死的都可以拿来撒谎。你把她带到我家来，你是要我走，还是我们要一起？"

马珂为难地五官都快错了位："Judy，你听我说，我现在没办法跟你解释……情况有些复杂，我们是真的没地方可去了！"这些日子九死一生地逃命，他真的怕了，除了带周雯回家，他别无他法。

Judy 气得已快失去理智了："还你……们!!!"

周雯能理解她的歇斯底里，在一旁连声说着对不起，甚至都不敢看 Judy 的眼睛。

Judy 怒视着二人，直接爆了粗口："墨尔本有几百家酒店，你们他妈的何苦要来我这寒舍受委屈！"

马珂却并不生气，耐心地解释："因为她已经死了……所以她不能住酒店。Judy，你不能跟任何人说她还活着。"

Judy 满脸愤怒地看着马珂，一把扯下围裙，拿起包就走，临出门时甩了一句："你放心！我才不会去说你们这些恶心事！"

马珂满脸难过和无奈，只能眼睁睁地看着 Judy 摔门而去。结婚这么多年，今天是 Judy 发火最猛烈的一天，他知道 Judy 一定会生气，只是没想到她竟会摔门而去。

他不安地朝窗外看了看，担心 Judy 在气头上会做出什么傻事。

周雯看着锅里做了一半的意大利面，愧疚地说："你太太很会做饭……对不起，马珂，都是我不好，把你卷进这些事……"

马珂脸色铁青，沉默地坐到沙发上，最近发生的这些事，他真不知该怎么跟 Judy 解释。他本来就嘴笨，现在连舌头都打结了。

周雯也局促地坐到了沙发上，心事重重。

现在屋子里只剩下他们两人，突然安静下来的沉默让两个人都面生尴尬。

平复了好久，马珂才打破了沉默，他让周雯把知道的所有事情都说出来。

周雯这才说出了飓力公司给了钱的事。

马珂一惊："你刚才说我们公司给了钱，什么意思？"

周雯坦承道："这次煤炭气化项目一共有三家公司竞标，最终给了你们飓力。为什么给你们，就是因为你们给了钱。"

马珂惊诧道："这是赤裸裸地行贿啊！这些钱都是通过 Peter 给的吗?"

周雯沉重地点点头："和你们公司合作，也有人反对，不过我们压下了这些反对的声音，一些环评和质检手续也都只是走走过场。"

马珂忽然想到了一个人："反对者里是不是有个姓高的工程师?"

周雯承认了："是，他一直说吕汉地质环境复杂，上马 UCG 项目需要更全面的评估，就是那个高工，别人都叫他'老反对'……"

马珂一下沉默了，怪不得高工一直大呼小叫，原来他早知道真相。

好一会儿，他才开口："The leopard can not change his spot（豹子无法改变身上的斑点），换句中国话说，就是狗改不了吃屎。Peter 既然能负责中国业务，可能也有非洲业务。非洲和亚洲都是海外贿赂的重灾区，他外套里那张给 Tom Baker 的 80 万支票可能也是贿赂款。他大概也是太想往上爬，没想到却成了炮灰。"

周雯接着说："所以你说 Peter 不是自杀，应该是他知道得太多才被灭口。"

马珂点头："这个项目，Peter 全权向 Harrison 负责。这也就能解释你丈夫怎么有通天的本事，能找到澳洲的杀手。一定是 Harrison 帮他安排了一切。你和 Peter 一样，一个给一个拿，全都需要消失。"

周雯难过道："如果不是你，我早就消失了。现在你和我搅到一起，在你们公司眼里，你就是全民公敌了。你明白吗，这就是我一直不想告诉你实情的原因!”

这时，家里电话响起来，两人都一哆嗦。

这个时候谁能打电话过来?

连日来他们受的惊吓已让他们魂不守舍。

第二十章｜一片狼藉

电话是Judy打来的，她气势汹汹道："学校说Daniel让Harrison接走了，说是去参加Party。Mark，你在耍什么花样，你怎么对我没关系，但你要敢分开我和Daniel……"

马珂一听是Harrison，马上焦急地打断："你说是被Harrison接走了？"

Judy哼笑道："对，你老板自己把Daniel接走了，你别告诉我你什么也不知道。你觉得我会信吗？"

马珂知道情况不妙，冷静一下，为了不让Judy担心，只好变了一种口气安慰道："对不起，老婆，是我忘了Party的事，我会处理。你去朱朱家等我电话。"说完摔门狂奔了出去。

马珂毫不迟疑，直奔 Harrison 家。

现在的状况显然是 Harrison 操纵了一切。现在 Daniel 在他手上，情况非常危急。

他努力让自己镇定一下，走进了 Harrison 家。

豪华而有品位的客厅让人格外拘谨，站在这样的客厅更显得马珂底气不足。他努力让自己平静，至少不能让 Harrison 看出他的不安。

电视机的声音盖过了一切，这里根本没什么 Party，Harrison 的客厅只有两个孩子在打 VR 电子游戏，他儿子 Bruce 和一个女孩戴着 VR 眼镜正投入在角色中，枪声震耳欲聋。两人一个打枪，一个掩护，配合得十分默契，转眼子弹横飞，死者一地。

马珂一眼看到了角落里的 Daniel，他正趴在地毯上，独自在一旁玩一列小火车，小眼神时不时瞥向女孩 Lila，一股醋意。显然 Lila 跟 Bruce 的默契十足，让他心里不舒服。

Harrison 正坐在沙发上看着孩子们玩耍，满脸的慈爱。

马珂紧张地走过去，刚要开口，却被 Harrison 打断了："别打扰他们，看他们玩得多开心。"

马珂只得站住了，心想，Daniel 根本没机会玩游戏，有什么可开心的。

Harrison 自顾自地说："我真羡慕孩子们，什么都不知道，无忧无虑，多好！"

马珂从他脸上一点儿看不到装蒜的痕迹，看来自己也不能慌，便波澜不惊地说："我来接 Daniel 回家，他妈妈着急了。"

Harrison 故作轻松道："没问题。Bruce 说他和 Daniel 是好朋友，希望常请他来家里做客。"说着又转向打游戏的儿子，

“Bruce，Daniel 要回家了。”

马珂快步走到 Daniel 身边，紧紧拉住儿子的手：“非常抱歉，但我们真的要回家了，不然他妈妈又要跟我干架了。”又冲儿子说了一句中文，“Daniel，回家了。”

Harrison 满脸微笑道：“Bruce，跟 Daniel 和 Mark 说再见。”

Bruce 头都没抬，仍戴着 VR 眼镜敷衍道：“Daniel，Mark，再见！”

倒是 Lila 卸下了眼镜，跟 Daniel 摆了摆手。

马珂见 Harrison 没说什么，赶紧拉着 Daniel 出门。

就在这时，Harrison 叫了一声：“Mark——”

马珂心下一沉，慢慢地扭头。

“家庭是最重要的！拥有这一切不容易，对你对我都如此，是不是？今天是周末，我们都需要在家好好放个假，清醒一下大脑。我们周一例会见。”Harrison 不痛不痒，又语中带话地说了一句。

马珂微微点点头，他当然明白 Harrison 在说什么，便若无其事地说了句：“Of course（当然）.”说完头也不回地逃也似的离开了。

Harrison 看着 Mark 仓皇而着急的身影，收起了微笑。看来对付这家伙也需要提上日程了。

直到驶出 Harrison 家的大铁门，马珂紧张的神经才松懈下来。

他看了看 Daniel，严肃地说：“答应我一件事，最近和妈妈好好待在朱朱阿姨家，我来接你前不能去任何人家玩儿，包括 Bruce，好吗？”

Daniel 不解道："也包括 Lila 吗？"

马珂不容置疑道："对，也包括 Lila！"突然他好似回过味来问，"刚刚那个女孩就是 Lila？"

Daniel 有些忧伤地说："是的，不过……我不会再跟他们玩了，你放心吧。"

马珂心疼地摸了摸儿子的头，知道这小家伙一直在暗恋Lila，难得他还能这么听话。

Daniel 忽然问："为什么让我们去朱朱阿姨家？你们要离婚了吗？"

马珂一愣："我们不离婚，是爸爸有一些……工作上的事。你妈妈肯定生气我的安排，但是没办法，现在只能这么做。你要帮爸爸照顾好妈妈，知道吗？"

Daniel 却摇头道："我其实知道那天妈妈为什么生气，你是不是喜欢上别的女人了？你和 Lila 的眼神是一样的。"

马珂想笑，又笑不出："不是的，Daniel，不是你想的那样。爸爸很爱妈妈，爸爸也不会离婚的。"

Daniel 小大人似的转头看向窗外："人为什么要撒谎呢？你放心，我会照顾好妈妈的。我现在是家里唯一的男人了。"

马珂有些哭笑不得，但又有些百口莫辩，索性他什么也不说了，越说越乱。连对 Judy 都解释不清的事，更别提在儿子面前了。

马珂直接把车开到了朱朱家，天色转眼黯淡下来。

他停好车，用手洗了一把脸，强打精神地走了进去。

朱朱开的门，Judy 站在她身后，显得异常憔悴。马珂不敢看她，局促地立在门口。

Daniel 一进门就扑到了妈妈怀里。

Judy 紧紧抱着 Daniel，生怕他出事。

马珂一脸愧色地立在门口，看着紧紧拥抱在一起的母子，他心里也不是滋味。

朱朱见状，马上解围道："你们好好聊聊。Daniel，尝尝阿姨做的鳗鱼饭，你喜不喜欢……"说完就带着 Daniel 进了厨房。

Daniel 聪明，顺从地跟着进去了。

马珂和 Judy 尴尬地站在门厅处。头顶的空气仿佛都要凝固了。

马珂忙打破沉默说："老婆……我想说……"

Judy 听到"老婆"这词，条件反射般地打断他："之前我选择原谅你，是我以为她已经遇难了。我反复说服自己，Judy，你不能这么小气，你不能吃一个死人的醋……可你知道吗，你骗了我两次，我怎么也想不到你们会这么大胆，编了这么大一套幌子来蒙我。这下你说什么都没用了，我是不可能跟你回家的！"

没想到马珂却说道："老婆，我是想说，你要在这儿多住几天……"

这下，Judy 本来平静的表情突然变得狰狞起来，她控制不住地说："你他妈的得多厚颜无耻才说得出这种话来！"她看着对面这个自己叫了十几年老公的男人，深深感到他们再也回不去了。

马珂几乎快哭了："老婆，我实在不知道该怎么跟你解释。我其实特别想你回家，但你现在真的不能回去。"

Judy 落寞地点点头："是，我永远不会回去了。"

马珂急得涨红了脸："我不是这个意思，我是说暂时……"

不等他把话说完，Judy 愤怒地把门关上了。

砰的一声，决绝又冷漠。

马珂不甘心地在门外狂喊："总有一天你会明白的!"

没有人再回应他，那扇紧闭的大门，难堪地对着马珂。

他难过地拍了拍门，胸腔里的酸涩攀爬而上，紧接着眼眶就湿了。他满腹委屈，有冤无处诉。他又怎么会想到，自从周思凉出现后，会令这个家支离破碎。跟 Judy 结婚十年多了，说实话，每年都会在某个时刻想起"周思凉"的名字，甚至想过两人再见面时会怎么样——但仅仅是想象，从未当真。谁知等这一天真的来了，等待他的却是接连不断的噩梦……

走神了几分钟，等脑子转到周思凉还一个人在家时，马珂又不安地回到现实。他迅速把车开回家。

马珂走后，朱朱看到 Judy 躲在角落里恸哭，头一次见两人闹成这样。以前他们小两口拌嘴，劝劝就回家了，这次马珂都不领她回家，看来事情还真有些闹大了。

朱朱把 Daniel 安顿好，便和 Judy 细聊起来。

又听 Judy 哭哭啼啼说了一遍，基本情节她也明白了，初恋情人又找上门来，还向 Judy 摊牌——这种事也不足为奇了，但发生在马珂身上，朱朱还是有些大跌眼镜。

"我觉得以我对马珂的了解，他应该做不出抛妻弃子的事，就算初恋来找他，他应该也有分寸。"朱朱劝道。

"怎么做不出来？他现在已经在做了。他把那个女人都已经领回家了，还让我走!"Judy 哭得上气不接下气，"我本来以为他是一时冲动，今天是来接我回家，没想到他居然还让我多住几天，他把我当什么?! 好像我是小三，那女人是原配一样!"

朱朱看她正在气头上，赶紧抚了抚她的肩膀：“我觉得这里面可能有误会，马珂可能也是身不由己。你想想，那个女人在澳洲没有身份，肯定不能住酒店，别的地方我估计他也没联系成，被逼无奈才把她领回家。马珂心善，不可能坐视不管……”

“那我算什么？我再包容、再大度，我也不可能跟一个小三共处一室吧！”Judy激动道。

“也不见得是什么小三，如果马珂真把她当小三了，也不可能过来跟你解释了，我看他的样子是有苦衷的。”朱朱客观地说。

“怎么不是小三，他们俩早就……”Judy都没脸把上床的话说出口。她捂着脸，一想到他们上床的画面，想死的心都有。

朱朱也是一愣，看来事情还不是她想的这么简单，一时她也不知道怎么劝了。想了想，她说：“我看也可能是那女的主动勾引他的，马珂老实，他不可能主动。现在的小三什么手段都能使出来，她为了能留在澳洲，当然要不择手段。依我看，马珂是上了套了。”

“这样下去，我们肯定要离婚。”Judy决绝地想到了这一点，以她的性格，一个家容不下两个女主人。

朱朱忙打断说：“没那么严重，马珂真想离婚，他今天不会过来。你可别中了那女人的计，她巴不得你赶紧离婚呢！你听我的，好好在这儿住几天，给马珂一点儿时间，让他解决。解决好，他自然会接你回去。”

Judy绝望地摇摇头：“不会的，他要是能解决好，就不会把这个女人带回来了。”

“你放心，我会找马珂谈的。你们俩的事我不可能不管。”做邻居这么多年，朱朱向来热心肠。

“你别管，我不想逼他，让他自己解决吧。如果他是被逼着回来的，也没什么意思。”Judy 坚决道。

“这样吧，让老王跟他聊，男人之间可能更能说实话。”

“谁也不要管，如果他心里有我和儿子，他会来找我，用不着任何人跟他谈……”

朱朱了解 Judy 的脾气，她认准的事别人都劝不动。唉，真是家家有本难念的经。本来朱朱一直觉得像马珂和 Judy 这小两口算是是非最少的，两人工作好，收入也稳定，不像她三天两头换工作。老王的收入也不稳定，运气好，接到工程就有收入；运气不好，可能几个月都没活干。

朱朱是学会计的，在国内也算是高级审计师，但移民到澳洲后，她的这些学历都没什么用了，这边根本不认，她只能重新考澳洲的会计师执照。国内的学历、证件只是在办移民申请的时候管点儿用，等真正搬到这边生活，全都得重来一遍，没有这边的学历，找工作都不好找。

等她在澳洲上了学，考下这边的执照，年纪都已经一大把了。她的英语口语一般，进好一点儿的公司就比较难，好公司对英语水平普遍要求高，她只能去一些华人开的餐馆或者超市当收银员或者会计。

但这种工作都做不长，有的餐馆开了没多久就倒了，很不稳定。她现在所在的这家超市，生意也不太好，位置不在市中心，客流量不多。超市加上她一共才三个收银员，那两个每次趁老板不在的时候，都会悄悄把抽屉里的钱往自己兜里塞。朱朱已经看到几次了，实在看不过去了，她会说几句，但那两个老外都会威胁她，如果说出去，她也别想在这儿干了。

唉，为了口饭吃，什么都得忍。但每次都对不上账，老板也是天天冲他们发脾气。她又有苦难言，估计这家也不会干太长。她一直想找个能进办公室的稳定一点儿的白领工作，但找了几年了都没能如愿。Judy 就不一样，她在电影公司做特效，收入好，还稳定。马珂更不用说，飓力能源算是大公司，能进这样的公司就已经让人刮目相看了。每次她和老王拌嘴的时候，都拿马珂家当标杆，现在这标杆也倒了，看来没有风平浪静的家庭，就像没有一帆风顺的婚姻一样。

马珂开到家，匆匆从车里出来，却发现家里面一片漆黑，没有一盏灯亮着。

什么情况？马珂寒毛直竖地进了门。他打开灯，灯却不亮。糟了，马珂屏住了呼吸，随手抓起鞋柜上的一把雨伞。

悄悄走了几步，屋里没有任何动静。他不安地轻声叫了一句："思凉？"

没有人回答他。他心下一沉，难道他们已发现了行踪？他刚走几步，就被脚下什么东西绊到，他低头一看，是一个人头。

他吓得魂都快飞了，再仔细一看是 Judy 做的人头模型，这才猛然松了口气。

"思凉……"他又小声叫了一下，神经都快绷断了。

还是没人吭声。他一手拿伞，一手提着人头小心地往屋里走。过了楼梯走到客厅，忽然听到后面有响动，好像来自楼梯下面的小柜子。他猛地打开柜门，挥伞就要打。里面却传出了周雯的声音："别打别打，是我……"

"你吓死我了！"马珂心里总算一块石头落了地。

打开电闸，家里的灯终于亮起来。这时马珂才看清周遭已是一片狼藉——家里桌椅都被推得乱七八糟，客厅一扇玻璃也碎了满地，马珂从十二门徒景区捡回来的石头扔在一堆玻璃碴儿中。周雯的两条胳膊都是血，肩膀上的伤口也渗出血渍。

马珂吓坏了："这是怎么了?"

周雯后怕道："他们知道我在你家了，后来警报响了才把他们吓走的……"

马珂的身体再次瘫软了，他们居然连这里都能想到了。他们难道不知道我有老婆吗?!

气归气，气完之后，他还得振作起来。他默默拿出药箱，给周雯重新包扎伤口。周雯疼得龇牙咧嘴，可又不敢叫出声，只好捂住自己的嘴。现在外面有任何风吹草动，都能要了她的命。

马珂犹疑道："我得再给你找个安全的地方。"

周雯一脸苦笑："你觉得我还能去哪儿呢?"

马珂的脸比她还苦，他也是黔驴技穷，能想到的地方他都想了。

说到这儿，周雯突然站起来，走到电脑旁："对了，你走以后，我试着看了看那个日本地质教授的文章，结果发现这个……"说着她下拉文章底下的留言，突然出现了 Tom Baker 的留言，"你看这个名字，是 Tom Baker!"

马珂也大感意外，他看着 Tom Baker 的留言："我很感兴趣您这篇文章的观点，我这里有一组数据想请您帮忙分析，看是否符合您关于非自然地震的推断，可否请您私下发给我您的邮箱地址?"

周雯道："Peter 和 Tom 两个人都对这篇文章感兴趣，这肯定不是巧合。”

马珂若有所思道：“我要去趟非洲，这个 Tom Backer 肯定知道什么，说不定他手里就有 Harrison 的把柄。今天 Harrison 都拿儿子威胁我了，说明他心里已经慌了，但我们现在缺的就是证据。”

周雯坚定地说：“我跟你一起去。”

马珂却摇头道：“你没有证件，哪儿也去不了！”

周雯焦急地皱起眉头：“我留在这儿不等于送死吗！”

马珂心下了然，他知道不能扔下周雯。可没有证件，他也无能为力啊。

两人都沉默了，房间里一片死寂。

僵持了好一会儿，马珂突然有了一个主意——公司的货运飞机是不需要证件的，他只需要刷脸就能进去。现在好歹他是公关部的主管，这是唯一可以用的一招。

第二天，周雯乔装改扮一番，跟着马珂混进了机场……

第二十一章｜非洲鬼门关

当欢快的非洲音乐响起，当周雯看到拥挤的公路，汽车、摩托车、自行车混行其中，她差点儿感动得热泪盈眶。他们终于活着到了非洲！

躲在飞机上一声不敢吭的两人，这才长长地吁出一口气。

片刻，马珂顾不得感慨，一把拉着周雯坐进了小巴。

这是混乱又喧闹的姆祖祖市区，典型的非洲小城市。小巴上挤满了乘客，奔放的音乐充斥耳膜，让人恍如隔世。

周雯愣愣地看着车窗外嘈杂的市井，陈旧的摩托车、自行车和小巴横冲直撞，混乱不堪。在这里小巴叫马他突（matatu），每辆都装着夸张的音响喇叭，播放着震耳欲聋的迪厅或非洲音乐，卖票的人整个身子都挂在车外，奋力叫喊着招揽生意。人群中夹杂着一些黑人小混混，他们胡乱聚在一起，跨坐在摩托车上，一副无所事事的样子。

从马他突下来，马珂走到一辆摩托车边，见车上挂着牌子写着“市区旅游”，他便把一张打印好的图片递给司机：“请问你认识这里吗？去一趟多少钱？”

司机看了看图片，摇摇头。他只好又转向另一个司机。

那个卖票的司机见图片上写着“Sand Cafe”便说：“1000 科瓦查一个人。”

马珂还想试图讨价还价。那个黑人司机不耐烦道：“已经很便宜了！”

这时，周雯从一旁的小铺子里钻出来，手里拿着两个简单的新手机，直接走过来打断道：“包车，一天，走不走？”说着她从随身挎包里直接掏出 100 美金晃了晃。

那司机和卖票的黑人对视一眼，立即招呼俩人上车。

周雯上了车，便把一个手机拆了包装塞到马珂手里：“只能打本地电话，先拿着用。”

马珂接过手机，心里略有忐忑。周围一堆黑人，两人夹在其中，稍显突兀。马上，这种突兀就渐渐变成了压抑。

周雯也觉得气氛怪怪的，在她还来不及细想的一霎，突然耳边响起一阵摩托车轰鸣声，一道影子迅捷闪过，周雯的包被一个骑摩托的少年一把抢走。她瞬间被拉得重重地摔倒在地上，头直接撞到泥地上，可她仍死命地抓着小包不撒手，这可是她的全部身家！就这么被摩托车拖行了一小段，最终包还是被抢走了，她痛得大叫：“我的钱……”那少年身后背着一把砍刀，呼啸而去。

马珂已被这一幕吓傻了，赶紧跑过去扶起她。

周雯已顾不得疼，痛哭道："我所有的钱都在里面！"

马珂责怪又心疼道："那也不能不要命啊！先得保命！"

转眼，路上又恢复了人挤人的喧闹场面，把两人的对话淹没其中。那几辆摩托车早已不见了踪影。

"现在可怎么办？没有钱寸步难行！"周雯绝望地看了看前方。

马珂忽然想到什么，安慰她说："还好，我带了支票。"

周雯气得急慌慌道："你那个东西在这儿就是一沓废纸！"

两人无可奈何地在姆祖祖街道上晃悠，边打听边来到了"Sand Cafe"。还好，离得并不算太远。

咖啡馆的黑人老板见周雯受了伤，便拿出了冰块包上塑料袋递给她。

周雯感激地接过来敷在头侧，跟老板抱怨了几句被抢劫的惨状。

黑人老板同情道："这边飞车党很厉害的，还好你们没跟他抢，不然真的很危险。"

马珂见老板人不错，便赶紧拿出 Tom 的照片打听起来。

老板看了一眼打印的图片，面色凝重道："哦，是可怜的 Tom，上个月他在前面路口被车撞死了。"

两人都诧异地盯住了老板的脸，那样子不像是开玩笑。

马珂惊讶道："你确定吗？"

黑人老板沉重道："当然了，我们这儿可不是每天都有白人被撞死的，更何况他还是一家大公司的工程师，你知道吗，飓力能源公司的。”

马珂马上改用中文对周雯说 ：“不对啊，我查过，我们公司没有 Tom Backer 这个人啊？”

周雯奇怪道：“可老板也不可能瞎说呀。”

黑人老板听他们讲中文，马上说：“你们是中国人？Tom Backer 死前在这里也见了一个中国人，是他们公司的大老板，好像就住在对面的酒店。”

周雯立刻反应过来：“会不会是 Peter？”

马珂立即打开手机找出公司的网站，翻出 Peter 的照片给老板看：“是这个中国人吗？”

黑人老板有些犹疑：“中国人好像长得都差不多，我还真有些记不清。”

马珂有些泄气，又问道：“Tom Backer 在这里还有什么朋友亲人吗？”

“他有老婆，还有三个孩子，住得离这儿不远。有时他经常下班过来喝两杯，我们也算是老朋友了。”

老板对 Tom Backer 不算陌生，两人碰上没事就聊几句。见这两个中国人来调查死因，便把之前所知道的都说了出来，他也隐约觉得 Tom Backer 并非是车祸……

从“Sand Cafe”出来，天色已透出灰白，马珂看了看表正好四点。

“先去对面的酒店问一下，老板不是说 Tom Backer 死前在这里见了一个中国人，就住在对面的酒店，过去一问便知。”

周思凉点点头，两人马上行动。

到了酒店，马珂又翻出手机里 Peter 的照片询问服务员，是否见过此人。服务员支吾着说记不清了。

马珂让她帮忙查一下酒店的住宿记录，但服务员却说这是客人的隐私，不方便透露。马珂气得直想骂人。

周雯赶紧拉他一下，这样硬来肯定不行。她把马珂拉到卫生间，问一个打扫卫生的服务员。那服务员看着照片，说是面熟，好像上个月来住过，但又不敢肯定。

周雯想了想说："不用查了，我觉得这个人就是 Peter，本身来这里的中国人就不多，咖啡馆老板都说这个中国人是 Tom 他们公司的大老板，这句话就足以证明是他了，飓力就你和 Peter 两个中国人，你想想！"

马珂也觉得没必要浪费时间了，下一站他要去警察局。

Tom 究竟是意外还是他杀，这个首先要弄清楚。

"我觉得 Tom 不可能是交通意外，这背后一定有阴谋。"

等两人到了警察局说明来意后，警察翻出档案说，此案已结案了，就是交通事故，当时 Tom 喝了酒，走路没留神，过马路的时候和迎面来的卡车撞上去了……

马珂要求看一下现场照片。

警察把档案里的照片递给他，一张张血淋淋的画面，周雯都不敢看。

"我想看一下肇事司机的照片。"马珂又提了一句。

警察又翻出了一张照片——此人是黑人，五官基本和所有的黑人一样，看不出什么差别。只是一只手臂上有些文身。但有文身的黑人也很普遍，实在看不出有什么特别。

两人只好失望地走出了警局。

第三站，两人搭了两辆自行车，按老板说的地址找到了Tom家。

院子不大，有些破旧，门口有一个手工做的信箱，上面写着Tom的名字。院子里停着一辆脏兮兮的破旧的暗红色吉普车。

看来就是这里了。两人大着胆子走了进去。

一位二十多岁的黑人姑娘，穿着宽大的花裙子，戴着头巾，正在厨房里忙活。见到两个陌生人，面上露出惧色。Tom走后，她每天慌张度日，总觉得背后有一股恶势力在作怪。

马珂和周雯赶紧向她解释了来意。

姑娘名叫Nyasa，是Tom的妻子。她仔细看了看两人，倒不像是坏人，表情才松弛下来。

Nyasa让他俩坐下来，自己去厨房倒了壶茶出来待客。

马珂和周雯坐在地毯上，转身便看到了Tom的遗像，灵堂摆设得很简单，两人赶紧站起来，这才想起手里还带着菊花，忙对着灵堂祭奠了一下。

Nyasa边倒茶边说："……他是个好男人，从来不打我，还允许我去他朋友的清洁公司工作，幸亏如此，我现在才能养活他留给我的几个宝贝……"

外面院子里，三个可爱的小孩子趴在地上玩小火车。

Nyasa坐在地上，看到他俩祭奠完，感谢地说："谢谢你，真主保佑你……"

马珂和周雯坐到Nyasa对面，环顾四周，房间里留着众多Tom的生活痕迹——许多Tom做木制手工的照片贴在各处。马珂一张张看过去，发现还有一张是Tom在办公室里过生日的照片，后景墙上是一幅UCG作业点地图。

这时，马珂才想起来，赶紧拿出在 Peter 外套兜里找到的支票：“这个你拿着，生活不用担心，这是公司给 Tom 的支票。”

Nyasa 接过来看了一眼，却说：“我见过这个，Tom 说这个钱不好，我们不能拿！地震之后，他特别生气，说不能再给你们工作了。”

马珂奇怪地问：“为什么？”

Nyasa 毫不掩饰地说：“他说他都写在报告里了。”

周雯插话道：“什么报告？”

Nyasa 摇摇头：“我不知道，Tom 说是保密的，已经全都交给公司了。而且，他从不把工作带回家。他说家里应该留着爱，工作应该留在公司。”

马珂继续问：“Tom 是做什么的？”

Nyasa 解释道：“他是工程师，负责‘check the gate’。”

“check the gate？”马珂听到这句英文，吃惊地瞪大了眼睛。这是在十二门徒宴会上 Peter 冲他说的最后一句话。他当时觉得 Peter 是在奚落他，并没有往其他地方想。当 Harrison 揽着 Peter 往外走时，Peter 还不停回头对他说：“这个合作很重要，事关中国，记住 check the gate，你不能有任何失误……”

马珂全都想起来了，原来 Peter 并不是喝多了，也不是脑子进水了，他是有话要说！

马珂马上问：“他在哪里 check the gate？”

Nyasa 起身拿过手机，屏保是一张“finding my iPhone”的手机位置截图，某个位置有个醒目的小红点。

她解释说：“就是这里。他之前把位置发给我，说这样我们就能看见对方。”说着 Nyasa 的眼圈红了，Tom 就这么意外地走了，什么话也没留下，如今再看到这张位置图，此情此景历历在目。

马珂征得 Nyasa 的允许后，赶紧用手机拍下了这张照片。

Tom 之前在墨尔本工作，被公司派到了非洲。后来这家公司被飓力收购，成为飓力驻非洲的分公司。Tom 是工程师，一直负责非洲的 UCG 技术。在非洲待了多年，便把家也安在了非洲。Nyasa 这个非洲姑娘学历不高，但人美丽善良，把 Tom 照顾得无微不至，还给他生了三个孩子。一家人过得其乐融融，如登春台。突如其来的一场车祸毁了所有的美好。

Nyasa 知道，那天出门 Tom 说要退掉支票，说这里面有问题，怎么那么巧，那天就出了车祸？她去警察局报了案，但警察也没查出他杀的痕迹，只能以一般交通事故结案。人就这么突然没有了，面对三个孩子，她都不知今后的生活怎么过……想到以后的艰难，Nyasa 的痛苦无以言表。

周雯见 Nyasa 强忍着泪水，怜惜地拍了拍她的肩膀，试图安抚她，谁知这一拍，更拍落了 Nyasa 眼里满眶的泪水……

第二十二章｜命悬一线

周一，飓力能源公司召开了公司例会。

Harrison 坐在最前面的位置，其他部门经理环绕而坐。

他严肃地看了一圈，问了句："人都齐了吧？咱们开始例会吧。"

这时，旁边的经理却提醒道："大家都在，除了 Mark。"

Harrison 不悦地皱皱眉，按下了呼叫器按钮。

秘书 Rose 接起了电话："这里是马先生办公室。"

Harrison 口气生硬道："我是 Harrison，请 Mark 立即过来开会！"

Rose 吞吞吐吐道："哦，Harrison 先生，对不起，马先生这星期都不在。他留信说去休假了。”

Harrison压住火：“休假?！你马上打他手机，说我在找他，让他马上回来！”

Rose嗫嚅道：“对不起，Harrison先生，马先生的手机坏了，让我帮他补办SIM卡，我还没办好，我不知道怎么找到他……”

Harrison气得直想拍桌子：“有人知道Mark去哪里休假吗?”

这时，一直在翻看眼前的一沓文件的运输总监突然停下来，抬头说：“我知道，公司运送非洲救灾物资的押送名单上有他的名字，还有他的……秘书，我也是刚刚拿到的信息。”

Harrison一听火了，这小子居然跑到非洲去了，还带了个秘书？Mark的秘书Rose明明就在眼前，这简直是在眼皮底下做戏！他气得大发雷霆道：“你的部门、你的飞机，谁上去了你都是事后才知道吗?都给我出去，一帮饭桶！”

高管们吓得全都不敢说话了，一个个缩头缩脑地走出会议室。大家都知道，Harrison发起脾气来，是要出人命的。

把众人轰出去之后，Harrison马上给Logan拨了电话，看来必须要马上行动了。

正在警察局办公的Logan看到是Harrison的电话，立刻接起来。尽管Harrison并不是他真正意义上的老板，但凭他们俩的私交，他倒有种义不容辞的责任。手头的案子压了好几起，他全推到一边。

六年前，Logan因为破了一桩抢劫案，劫匪出狱后开车撞了他的车报复，他没出事，老婆却被撞成了植物人。高额的医药费令他入不敷出，只好向老友Harrison借钱。Harrison对朋友向来慷慨，也知道家庭对Logan的重要性，一赞助就是五年。第六年老婆还是走了，但 Logan 对 Harrison 的感激再也没有断。

两年前，Logan 因为一次酒驾被罚了两千多澳元，驾照还被吊销了一年。Harrison 立刻帮他支付了所有罚金。澳洲在酒驾方面规定相当严格，血液中的酒精含量每毫升超过 0.05 毫克就算酒后驾车，相当于一小瓶啤酒或一杯红酒的量。公交司机和卡车司机的要求更严，酒精含量不得超过 0.02 毫克。而 Logan 那次是 0.06 毫克，仅仅是刚刚超标。

一般酒驾罚款也就是一千澳元出头，但因为 Logan 是警察，所以罚得比一般人重一些。当时 Logan 很不服气，但交警说了，如果是在新南威尔士州，最高可罚 5500 澳元，而且驾照会被吊销五年，这已经是给 Logan 开恩了。

Logan 还不光是酒驾，并且驾照早就过期了，一直没有去更新。本来只需吊销几个月，但又因为这一条，直接吊销了一年。这还不算，Logan 的车里还被强制安上了一个酒精测试仪，要求他每次驾车前必须先向测试仪进行吹气测试，测试过关后汽车才能发动。而且这个装置要满两年后才能取下。

为此，Logan 郁闷得要死。Harrison 二话不说，就给他配了一辆新车。对 Harrison 来说，Logan 就是他的左膀右臂。能用钱解决的事，他决不用别的方法，尤其是对 Logan 这样能随叫随到的人。

Logan 骨子里天生就逆反，凭什么警察就一点儿错不能犯，警察也是人。尤其是 Logan 的老婆去世后，他的逆反性格就更变本加厉。因此，每当 Harrison 有新的“打猎”任务时，他就像是找到了发泄渠道。

尽管他也知道警察犯罪将会罪加一等，但他却一意孤行，乐此不疲。从“打猎”中他找到了一种快感，唯有这种快感才能让他找到平衡。他杀过的每一个人都是老天欠他的，所有欠他的终将都会还回来。

Logan 沉溺在这种“打猎”游戏中，不能自拔。

除了给 Harrison 当保镖、司机，对 Harrison 遇到的各种麻烦他也义不容辞地帮忙排解。Harrison 不光工资给得高，平时对 Logan 也像兄弟一样。

“Hi，你还有假期留着吗，兄弟？”Harrison 开门见山道。

Logan 不明就里：“有的是啊。”

Harrison 笑笑：“那就请个假吧，我批你去非洲带薪休假。”

Logan 还是没明白：“去干吗？”

Harrison 转着眼珠，咧嘴一笑道：“男人去非洲都爱做的事——打猎。”

Logan 一听打猎，浑身的细胞都兴奋起来……

姆祖祖市飓力能源分公司的保安室里，马珂和周雯的黑白打印照片已被挂在了墙上，这两个人已成为重点防范对象。

两个黑人保安盯着公司的入口处，铁门紧闭，戒备森严。不一会儿，保安看见窗外一辆带后座的皮卡开过来，停到了门口。车身上面写着“海豚清洁公司”，拖斗里面坐着六七个穿着穆斯林花长袍、外搭清洁服的女人。她们个个都包着脸，只露出一双眼睛。

保安警惕地走过去看了看，见并没有什么可疑的人，便摆手放行。

卡车驶进去的那一刻，化了装的马珂和周雯心跳加速。他俩藏在 Nyasa 旁边，头一次扮穆斯林蒙脸女人，都紧张得浑身如绵，生怕穿帮。尤其是马珂，男扮女装这辈子还是头一回！

这一行穆斯林清洁工下车走到飓力分公司的主楼前，一个黑人主管帮他们刷卡，一个个放行进入办公区。

周雯和马珂想趁乱离开去别处，却被黑人主管叫住，无奈他俩只好随着清洁工进了楼。

这时他们的主管发话了："不可以乱走，要说多少遍你们才能记住！"面上堆满了不悦，说完紧盯着马珂、周雯两人。这火辣辣的目光让人不寒而栗。两人赶紧低下头。

不一会儿，清洁工们抱着浅色的洗好的工作服、毛巾、白色清洁筐等物品等着主管发话。

"现在开始干活，谁也不能偷懒。"主管发话后，大家开始动手忙活。

马珂和周雯假装擦窗户，时不时瞥向别处，观察位置。

突然，主管发现马珂抱着的桶上有黑手印。他气愤道："你们怎么搞的？"说着他走过去拿起来一看，这才发现是马珂手上的黑颜料弄的，他有些质疑道，"你的手……"

主管还没明白是怎么回事，他盯着马珂的眼睛觉得有些奇怪，突然，他好像反应过来，问："你是谁？"

这一问，把马珂和周雯都唤醒了，手里的东西一扔，俩人撒腿就跑。也分不清东南西北，不管不顾地往办公区跑。这下办公区里一片混乱，众多保安都往这边追赶过来。

保安队长在监控室里发现了马珂和周雯的影子，马上用对讲机大喊："他们在 C 区，赶紧抓住他们！"

监控室里的几个保安应声冲出去。

清洁工们都乱了套，大家也跟着疯跑起来，因为穿的衣服都一样，保安不时地抓错人。各种大呼小叫穿插在办公区，那场面好不热闹。

马珂知道这样跑下去也不是办法，便对周雯说：“你快跑，我去堵住他们。”

周雯明白他的意思，点了一下头，赶紧跑到边上的一条长走廊。马珂赶紧抓起手边的椅子，砸向追来的保安，趁乱也跑向走廊。

这时，走廊里不知从哪儿蹿出一个保安，他一个鱼跃扑倒了马珂，同时嘴里用齐切瓦语大叫：“我抓住他了！”

马珂挣脱不开，危急中他看见墙上的“紧急心脏复苏”装置，他挣扎着用头撞破玻璃，拿出心脏起搏器按到保安身上。

保安瞬间被电击，大叫着松开手。马珂趁机跑进长走廊里。

长走廊正通向工业区，走廊的墙上贴着一堆地图和照片。马珂边跑边扫着墙上的照片。突然他跑了两步又退回来，看墙上有张图醒目地写着“马拉维 UCG 技术分布示意图”。

这张图他似曾相识，好像在 Nyasa 家的墙上见过，又好似在 Tom 的网上日志里见过。正犹豫，保安的脚步声又追近，他果断地一把撕下地图，边跑边折着塞到怀里。

长袍和面纱太碍事，他不得不撕扯下来。好不容易跑进了工业区，机器的轰鸣声震耳欲聋，更多的保安从四面追堵过来。

实在无路可逃，马珂只得爬上一个危险的铁架。巨大的蒸汽喷出来，马珂急忙躲过，一个保安没来得及躲，被蒸汽灼伤，惨叫一声。

前面是一处铁架桥，马珂进退两难，前有堵截，后有追兵，无奈他只得爬到铁架上。铁架下方就是热水池，里面不知什么液体正在热腾腾地翻滚。他吊在铁架上，往下一看，差点儿没吓死。这时候如果掉到水池里，估计会马上死不见尸。他双手紧拽着铁架，身体被悬吊着来回移动，眼看他就快支撑不住了。

命悬一线中，突然一个摇臂车升起，周雯来了！

“马珂，快跳，跳过来！”

马珂一喜，顺势奋力一跳，正好跳到摇臂车上。周雯却并不会操作，摇臂车撞来撞去，两人都束手无策。

下一秒，枪声就追来了。

摇臂车来回撞着，终于把两人送到了对面，谢天谢地！马珂拉起周雯继续往前跑，子弹在耳边嗖嗖掠过。

周雯捂着耳朵，又捂着胸口，已吓得不知该如何是好。这时，子弹打在一些管道上，气体喷射出来，整个厂区突然警铃乍响，警灯大开。

保安队长用对讲机大喊：“不许开枪！开枪会爆炸！”

枪声总算停了下来。两人赶紧从对面楼梯跑下。马珂拿出手机看拍下的位置照片：“应该就是这里。”

周雯四周看了看：“什么也没有啊！”

突然马珂指着一处说：“电梯！”

周雯立刻反应过来，两人赶紧跑过去按键，然而电梯没任何反应。马珂发现按键处有一个读卡器。糟了，这个读卡器怎么办？

这时保安追过来，两人只好继续往前跑。

眼前是一个巨大的通风道，无奈中马珂拉住周雯示意她往下跳。

周雯的腿早软了："不行，我不行……"

"不跳会死的，他们有枪！"话还没说完，马珂拉着她闭着眼就跳了下去。一声惨叫顺着通风管道急速滑下。

几分钟后，两人跌落在厚厚的煤堆里，狼狈不堪。

周雯吓得不知道这是哪里，连大气都不敢出了。

看了看四周，她突然爬起来，恢复了神志，兴奋地指着一处大叫："快看，马珂——"

马珂正从煤堆里爬出来，浑身上下漆黑，这次不用化装也能扮黑人了。

他顺着周雯的方向看过去，只见不远处有一扇紧闭的厚重的铁门，上面写着 Gate 5－6，铁门前有很多监控仪器，上面仪表闪烁。两人赶紧跑过去，看见还有 Gate 7－8。

马珂看看仪表盘，恍然大悟道："原来这就是 Check the gate……Peter 最后这句话就是提醒我要检查非洲地图上被抹去了的矿区门！"

他一直以为 Peter 是 Harrison 的人，原来这都是误解，Peter 历经各种调查，就是想试图做吹哨人，只是没想到早早被灭了口。想到这儿，马珂心里一阵抽搐。

刻不容缓，他们继续往前跑。马珂看到写着 Gate 9 的门半敞着，旁边的仪器并没有工作，附近贴着封条，挂着"危险禁入"的警示牌。此时，远处传来电梯门打开的声音，保安们再度追来。

"不好！"马珂小声叫着，拉周雯跑进了 Gate 9。

两个保安在黑暗中，顺着隧道追来。借着微弱的手机亮光，两人看到隧道深处有各种巨大的管道，模样瘆人。

马珂和周雯不知在隧道里走了多久，蹚着地下水，艰难前行。

片刻，两人被眼前的景象惊呆了，一面墙完全被毁坏了，管道也被炸裂。

周雯诧异道：“这儿好像发生过爆炸。”

马珂点点头，不敢停留，两人继续往前走。更多毁坏的管子暴露在眼前，一处地下水缓慢但有规则地不断冒着气泡。

远处渐渐传来人声，一些手电光不停闪烁。

马珂心一紧：“他们追来了……”

前方有一口维修井，马珂眼前一亮，赶紧拉周雯钻进去。谁知里面上行的铁梯已经被炸坏了。追击声越来越近。情急之下，周雯看到周围管道，冲过去使劲旋转开一个大阀门栓，地下水中的气泡猛烈地涌出来。

“快往上爬！”马珂踩着炸坏的铁梯艰难地寸寸往上移。周雯紧紧跟着，马珂用腰带拖着她。

保安追近，也开始顺着铁梯爬。眼看着快爬出了井口，这时，周雯不假思索地掏出兜里的打火机，回身打开往下一扔——轰隆一声巨响，爆炸声几乎要炸裂耳膜。两人被爆炸的气浪狠狠甩了出来……

平静的荒野，一动不动趴着两个土人。

好久，两双被泥土覆盖的眼睛才睁开了，意识渐渐回落到大脑，马珂勉强支起身子，终于看到了周思凉。他才松了口气再次倒在地上，嘴里却不停地大喊：“哪来的打火机，你差点儿杀了我们！”

周雯有气无力地倒在地上，听马珂还有力气吼出来，弱弱地回了一句：“这不是还没死嘛！”

第二十三章｜夺命飞车

从大爆炸中死里逃生，马珂和周雯都有种死过一回的感觉。

两人浑身上下全是黑色颜料和爆炸污痕，再加上在泥土里滚过好几回，肮脏不堪地走在路上，就像两个分不出性别的野人。

对视一眼，彼此都有些吃惊，又有些滑稽。马珂忽然问道："对了，你怎么知道那是瓦斯管道？"

周雯不无得意道："好歹我是科研处主任，一直和煤矿打交道好吧！"

马珂表面白了她一眼，但心里却是充满了钦佩。以前在他眼里弱不禁风的周思凉，现在俨然变成一个无所不能的侠女了。

路边，马珂举起大拇指，示意要搭车，拦了好几辆都没成功。

也许自己的样子实在太吓人，无奈只好把周思凉推到前面。终于有一辆破旧小货车沿着土路往这边开来。

两人好说歹说，终于搭车成功。马珂跟司机说了 Tom 家的地址，除了这里，他们也实在没地方可去。

就在他们搭上车的同时，Harrison 和 Logan 也搭上了飓力公司的私人商务飞机。Logan 早已准备好了枪支，看来这场“打猎”会非常有意思。

千辛万苦地赶到 Tom 家，马珂和周雯说了一番他们死里逃生的经过，便向 Nyasa 求助，在这里唯一能帮他们的就只有 Nyasa了。

Nyasa 知道他们为了真相而来，也为了还 Tom 一个公道，她毫不迟疑地就把车钥匙交给了马珂：“这辆旧吉普还能开，虽然破了些，但应该能帮上你们。”

周雯感动地走过去给她一个大大的拥抱。

马珂已顾不得这些，赶紧检查了一下汽车轮胎。

见马珂已开始倒车，周雯感激地向 Nyasa 告别。

马珂看到车子后视镜上挂着一个幸运符，还有一个小镜框——里面是 Tom 和 Nyasa 及小孩子们的合影。看着三个孩子纯真灿烂的笑脸，他忽然有些心酸。Tom 不能就这么不明不白地死了，他冲 Nyasa 使劲挥了挥手，心里运着一团气。

两人开着 Tom 的旧吉普车冲入了闹市。Nyasa 在身后为他们祈祷。她相信他们为正义而来，就一定会有好的结果。

很快，吉普车驶入了旷野，马珂沉稳地驾着车，周雯一副心事重重的样子，她都不知道下一秒等待她的会是什么。这些天数次跟死神擦肩而过，能活着已是幸运。车窗外飞速掠过非洲迷人的草原风光，可谁也没心思看它一眼。后视镜上 Nyasa 的小镜框跟随着车速上蹿下跳，像极了周雯此刻的心情。

不知开了多久，马珂停下来休息，下一步该怎么办他心里也没底。马珂拿出了他偷撕下来的地图，同时也把 Tom 拍的照片摆在一起，让周雯看。

“看出什么不同了吗？你顺着 9 号区看。”他提醒道。

猛一看还真没看出什么不同，周雯把两张图放到腿上，仔细研究起来。片刻，她好像找到了问题所在，她用两根手指指向两张图的同样位置，Tom 照片上的有 9 号区，而马珂的图上并没有 9 号区，只有利文斯顿尼亚的地名。

周雯豁然开朗道：“新图上没有 9 号区！这地方肯定有问题！”

马珂再次提醒道：“你想想这地点发生了什么？”

周雯想了想，突然反应过来：“地震！”

马珂兴奋道：“对！the gate 就是指地下气化站，9 号气化站发生了地下爆炸，被误读成了地震。Tom 一定是发现了这件事，所以才会对日本教授那篇研究自热地震和非自然地震的文章感兴趣。然后公司想掩盖这件事，在新地图上彻底抹去了 9 号区的痕迹。”他终于找出了问题的关键所在。

周雯也跟着兴奋起来：“那就很明白了，他们想灭口，所以对 Tom 下了毒手。”

马珂一下变得沉重起来：“原来 Tom 和 Peter 都是死于非命！”他沉吟一下，“……还有多远，从这里到利文斯顿尼亚？”

周雯看了看四周，一脸茫然，这里没有任何路标：“不知道，看不出来……”

Harrison 和 Logan 赶到飓力非洲分公司后，第一件事就是找到保安队长。黑人队长面有惧色，吞吞吐吐地说人没有抓住，跑掉了，并且说了是在 Gate 9 号区跑掉的。

Harrison 早料到了这几个饭桶干不成事，训斥了几句后问他们从这里逃走多久了。

保安队长胆怯地说可能有四五个小时了。

Harrison 又是噼里啪啦一通骂。

这时 Logan 提醒道："那我们得快点了，不然可追不上他们了。"

Harrison 一听倒也觉得对，跟饭桶对话也是浪费时间，说着马上和 Logan 上了车。他一直觉得在饭桶的队伍里，Mark 也算一个，没想到几次过招之后，他发现 Mark 还算一个人才。只是这一次，他觉得 Mark 有点儿玩大发了，不好好修理他，也实在没有颜面做他的上司。

还有那个周雯，他也是小看了。杀她这么多回都死不了，也是奇女子。他看了一眼 Logan 这次带的装备，估计他们这回插翅也难飞了。

周雯和马珂在车里研究了半天，直到肚子咕咕叫才觉得饿。

周雯赶紧下车到后备厢中翻东西。后备厢里只有一箱啤酒，已被人喝了几瓶，还有一些废旧杂物。怎么会一点儿吃的都没有？周雯不死心地又翻了一遍，最后找到一个肮兮兮的 Drone（无人驾驶飞行器）。无奈，她只好拿了两瓶啤酒和 Drone 坐回副驾上。

“只有这个了，好在没人查酒驾。”说着，周雯把两瓶口一对，利落地撬开瓶盖，递给马珂。

马珂如饥似渴地喝了一口。这荒山野岭的，再找不到吃的，还不得饿死。

周雯一直把玩着腿上的Drone，这个东西能管什么用呢？她琢磨来琢磨去，忽然她打开窗，把Drone放出窗外。Drone瞬间升高，向前飞去。

“哈哈，这个好玩!”周雯思路大开，透过这个无人机可以进行航拍。以前老钟喜欢玩这个，她也跟着玩过几次，于是她马上娴熟地操作起来。

马珂一看飞行器，也赶紧凑过来。

通过Drone的视点，画面渐渐远离了马珂的吉普车。不一会儿，就看到了一些奇怪的景象——歪倒的树木、裂开的土地、烧焦的动物尸体……显然这里发生过爆炸，那些明显的黑色焦痕赤裸裸地映入眼帘。

马珂焦急地盯着画面。

很快，Drone飞远了，画面出现了成片的铁丝网，Drone飞了进去。这里爆炸的痕迹更明显了，四下焦土，地面被炸出一个巨大的坑，翻出新的土壤。两种土质不协调地映在画面里，叫人不能忽视。

周雯碎碎念道：“应该快到了。”视线只顾盯着Drone。

马珂心跳加速，爆炸的场面越来越惨不忍睹。

“前面应该就是地震区，赶紧往前开一下。”周雯喊道。

马珂赶紧配合地发动车子，果然前方不远处就有一圈长长的铁丝网。铁丝网上挂着醒目的标志，标注危险和地质灾害。而铁丝网附近都是绿色植物，根本看不出任何爆炸的痕迹。

“他们掩饰得真好!”周雯边操作 Drone 边说。

马珂把车停下，不敢相信地看着这一切：“怪不得 Tom 要用 Drone，他一定和我们一样，这里有铁丝网拦着根本进不去。”

这时，周雯突然叫道：“你快看——”

马珂凑过去一看，遥控器屏幕上显示出几块金属残骸和碎片，接着画面就出现了残缺的管道，还有被炸碎的阀门。

马珂惊叹一句：“看来 Peter 表面是在非洲帮助救援，实际上是在清理爆炸现场，那 80 万，很可能就是给 Tom 的封口费。”

周雯点头：“Tom 没收这笔钱，他肯定告诉了 Peter 他的调查结果，但 Peter 有些不太相信，所以他才会去找日本地质专家查证。”

马珂皱眉道：“可惜这都只是咱们的猜测，没有证据啊！如果能有 Tom 那份调查报告就好了。”

这时 Drone 的显示器中出现了两辆车子，上面坐着几个黑人，端着冲锋枪，车子沿路开来。

两人都吓了一跳，“糟了!”马珂大叫一声，赶紧发动了车子，没想到他们这么快就追来了。

一个手臂上有明显文身的黑人司机开着揽胜，副驾正坐着 Logan。他们后面还有一辆皮卡，副驾驶是非洲队长，后车斗里还坐着四个带武器的非洲人。车子飞驰而过，气势汹汹。

马珂像疯子一样沿着铁丝网开车，这一路颠簸得人都快散架了。周雯咬牙紧盯着无人机屏幕。后面的追杀者已经从坡下开上来，同样沿着铁丝网追逐。两辆车越来越接近。

马珂焦急道：“他们离咱们还有多远?”

周雯也慌神道：“不知道，但是越来越近。我算不出具体有多远。”

马珂突然想到一个办法：“你会开车吗？”

周雯一愣：“会啊，怎么了？你想让我开？”

揽胜和另一辆皮卡的车速越来越快，Logan 手里拿着高功率来复枪，得意地站在车上。这次打猎应该不会再失手了，他胸有成竹。

马珂急吼道：“对，你来开，咱们换位置，我来操纵无人机。”

啊！周雯嘴上害怕地叫着，可还是要咬牙完成这不可能的任务。两人在飞驰中费力地交换了位置，吓得她心手全是汗。这一路，什么惊险的动作她都尝试了，她都佩服自己什么时候女侠附体了。

“你尽可能开快！”马珂一边说一边遥控 Drone。

手忙脚乱的周雯从没开过这么破旧的吉普车，但在这危急关头，她也是拼了。她边开边尖叫着。

马珂急道：“你到底会不会开车啊？”

此时他从后视镜上已经可以看见追杀者的车了！

Logan 的车跟老吉普越离越近——300 码，200 码，100 码！

命悬一线，分秒必争，马珂冲周雯疯狂叫着：“再开快些，再快！”

Logan 看着前方的老吉普，得意地举起来复枪，探出窗外，心想，我看这次你们还有什么本事逃走！

瞄准镜的十字线慢慢对准了周雯的头，他正要扣扳机，忽然，嘭的一声，一个不明飞行物撞到了挡风玻璃上，瞬间司机失控了。

马珂大叫了一声“YES”！心里为自己这个小计谋正得意。

Drone 直接砸碎了车窗撞向司机，司机一个急刹车，车子霍地横了过来，歪到了一边。后面皮卡一看这情况，赶紧也紧急刹车，但跟得太近根本停不下来，整个车身直接横撞进揽胜里，手臂有文身的那个司机当场被撞死。

Logan 也受了伤。这浑蛋，没想到还玩了这一手，他万万没想到！

揽胜被撞离土路，不得不停了下来。非洲队长一看 Logan 受了伤，赶紧过来营救。几个杀手乱作一团，这下车毁人亡，他们都不知道怎么和 Harrison 交代！

行动再次失败，Logan 气得破口大骂。

第二十四章｜终于找到证据了！

从后视镜中看去，那两辆车像瘫痪的病人一样废弃路边。老吉普已甩开了他们好远的距离。

马珂这才松了一口气，扔掉了无人机遥控器。

周雯终于咧嘴笑了出来，由衷叹道："谢天谢地！"

马珂看一眼仪表盘，眉头又拧在了一起："你高兴早了，我们要没油了……"

啊！周雯无助地看向马珂："怎么办？"

马珂四处看看："回公路，找最近的加油站！"

又开了几公里，终于找到了一家破旧的加油站。这里除了加油泵，还有个简陋的平房，挂着商店和 hotel 的牌子，还挂着电话和传真的牌子。

两人都有些疑惑，这样的加油站还能用吗？

周雯驾车飞快驶进加油站，马珂赶紧下车去加油，这个时候只能死马当活马医了。

这里加油泵和常规的都不一样，简陋至极。他低头忙活着，不想耳边突然有人跟他说话："Hi，Tom！"

马珂一抬头，看见车子对面一个老年黑人从屋里出来，正热情地跟他打招呼。

那人一见他并不是 Tom ，有些奇怪道："这是 Tom 的车，你们怎么会开他的车？"

看来那人还不知道 Tom 已经过世了。马珂赶紧解释："哦，我是 Tom 的朋友，借他的车出来办点儿事。这里可以加油吗？"

老人看了看马珂一脸憨厚的样子，倒也没有怀疑，便走过来帮忙："当然可以。"

老人拿过加油枪，话有点儿多："Tom 的朋友就是我 Neo 的朋友。你是哪里人？中国人？日本人？你好？阿里嘎多？我分不清啊。"

马珂着急地等待加油，应付道："对，我们长得都一样。"

周雯焦灼地看着加油站四周，生怕那些人再追过来。她探出头来问："还得多久，快一点儿……"

Neo 这时才看见周雯，他脑子一转，又话里有话地说："Tom 每次来工作都住我这儿，你们要不要也试试？很棒的，都是双人床。还可以打电话，这儿手机没信号，只有我这儿有有线电话。就像我爹说的：老办法才是好办法。哎，最近 Tom 好吗？我都想 Tom 了，他还欠我一个色带呢。上个月他来写报告，把我的传真机色带都用光了，我们一起喝啤酒侃大山。他说他很快会再来，结果到现在也没来……”

远处有车开过来，扬起氤氲的灰尘。

周雯害怕地看了一眼，生怕他们再追杀过来，冲马珂催促：“别跟他啰唆了，快上车啊。”

马珂会意，赶紧催促 Neo 拔掉加油枪。他正掏钱，手却突然停下来，脑中好像突然灵光一现地问：“你刚才说 Tom 在你这儿传真了一份报告？”

Neo 边拔加油枪边不解地点头：“对啊，他还欠我一个色带呢。他把我的传真机色带都用光了。”

马珂一下来了精神，天哪，还真是老天有眼啊！不用问，色带上一定有 Tom 用过的痕迹！这痕迹能是什么，肯定就是证据啊！

想到这一层，他已喜不自胜，激动得眼泪都快下来了，赶紧浑身翻了一遍，找出 100 澳元塞给 Neo：“太谢谢你了！”

不远处，周雯眼睁睁地看着马珂把钱塞过去，这一幕让她气疯了：“那是我们最后的钱！”

马珂已顾不得周雯，立即跑向后面的屋子。

周雯不明所以地大叫：“你还要干什么？他们来了！你快上车——”

Neo 也跟着不明所以大叫：“Hi，你要干吗，朋友？”

周雯往后面看了看，果然，杀手的车又追来了，她急赤白脸道：“马珂，快上车——”

马珂跑进屋里，四下一看，果然看见破桌子上有一个陈旧的电话和传真一体机。他二话不说，打开传真机，从里面拆卸下色带，对着光展开一看——果然有满篇的字，而且他还看到了 UCG 等几个关键字。

太好了！太好了！马珂已笑到见牙不见眼，终于找到证据了！他兴奋地将色带卷起来，匆忙跑了出来。

周雯已把车子开到门口等待，后面的皮卡已经离得几乎只有几百米的距离。她急得大叫："马珂，快上车，快！"

马珂一跃坐了进去，周雯猛踩油门火速离开。

她见马珂怀里抱着东西，便问："这是什么？"

马珂一脸得意："Tom 的研究报告，真是得来全不费工夫！"

周雯一脸震惊。没想到这份报告居然能从这个加油站里找出来，也真是活见鬼了！有了这份报告意味着就有证据了，周雯看着马珂得意又兴奋的样子，心里也跟着开心了好一会儿，但内心她又生出一层隐隐的担心。

现在证据在手，那么意味着风险又深了一层。如果那帮人知道他们找到了证据，绝不会善罢甘休的。瞬间，愁云笼上面。而一旁的马珂死死抱着色带，像是抓住了救命稻草，一直傻傻地笑。

开了几公里，前方出现了一片湖，周雯驾车小心地沿着湖边开。这里的路水草杂生，车子驶过，一片蚊子像蘑菇云一般突然腾空，完全包裹住整个车身。车窗外蚊子遮天蔽日，车内光线顿时暗了。蚊子像子弹似的噼里啪啦地打在车窗上。

周雯被眼前恐怖的景象吓到了："这是什么啊？"

马珂仔细看了看："应该是蚊子！我听同事说过，马拉维湖是世界最大的蚊子繁殖地。"

"天哪！"周雯不可思议地看着眼前的恐怖画面。

好一会儿，车子才穿离蚊子堆积成的“云雾”。

本以为前面的路应该好开了，哪想到碾过蚊子的尸体，车子却陷进了泥潭。周雯怎么踩油门，车轮都在空转，老吉普就像瘫痪了一样一动不动。

这时皮卡已经追了过来，车里的杀手看着前方瘫痪的老吉普，一个个露出了羊入虎口般的笑容。他们把车停到了泥潭边，三个杀手端着枪得意地走下车，志在必得地看着这俩人。

周雯焦急地看着马珂：“怎么办？”

马珂看看车窗外，悄悄溜到后备厢，他想起了后备厢里的啤酒。接着他像掷手榴弹那样抓起两瓶啤酒向对方扔去，同时叫周雯快帮忙。

周雯的眼神就像看一个神经病：“这管个屁用！”

马珂不理她，只叫她快扔！没办法，周雯也只好抓起啤酒向对方扔去。

一瓶瓶啤酒砸在地上。三个杀手好笑地看着，他们干脆踩在满地的碎啤酒瓶上，说着齐切瓦语，哈哈大笑。还有一人接过一瓶啤酒，直接拧开喝了：“味道还不错哟！”

周雯气得直咬牙。

突然，远处本已散去的一片蚊子云霎时再度升起，朝着杀手们的方向一拥而来，一眨眼的工夫，三个人已经全被笼罩在黑云里。杀手们一个个惨叫起来。

真是天助我也！马珂大叫：“快上那辆车！”他和周雯一齐跑上了杀手的那辆皮卡。马珂把着方向盘，不要命地加大马力往前冲。

不知开了多久，前方眼看着没路了，马珂定了定神，一看是个码头。

“快下车!”马珂拉着周雯狼狈地跑起来，他看到正有一艘小货轮要离岸。

两人边跑边冲船上的人打招呼。货轮继续往前开，没人理他们。

情急之下，周雯摘下手上的钻戒向船工示意：“钻石，给你们，Diamond!”

话落，那艘船果然停了下来。

马珂冲周雯佩服地摇摇头，她这脑袋里有的是招儿。

那一刻，他看着周雯，虽然她的脸上早没有了周思凉的纯净稚嫩，但那一股子的英气和不怕吃苦的劲头何尝不令人心动。不管她浓妆淡抹，还是像现在这样邋遢上面，在他心里，她始终都是个可爱的女子。

第二十五章｜你准备怎么处理这个东西?

两人直到跳上了船，心跳才慢慢平复下来。这一路飞车逃命，连骨头都快散架了。

货船在水上安静地行驶。马珂拉周雯进了船舱，夜色如幕布般盖住了船身。

稍作停顿，马珂立即拿出了色带。这可是关系生死的东西。

借着昏暗的灯光，马珂将传真机的色带徐徐展开。周雯举着两个手机当照明。马珂几乎把头贴在色带纸上，努力辨认色带上的字痕。

周雯这时才说出心中的疑问：“你怎么知道色带上会留下记录?”

马珂头也不抬地说："上大学的时候，咱们学生会办公室有一台传真机，你还记得吗？老式传真机就热敏纸和色带两种，咱们运气好，Neo 用的是色带的，这就跟复写纸写过字会留下笔迹一个道理。你看，这儿，Tom 提醒公司'飓力能源公司提议的 UCG 技术在某些特殊地质结构下，会因为燃烧隔离层过于薄弱而失效，会造成大范围的地下爆燃，产生巨大的灾难性后果，比如利文斯顿尼亚地区'。"他边看边翻译，神色越发凝重。

周雯把两个手机放到桌子上，焦急地说："你是说你们公司 UCG 技术有问题？"

马珂不安地分析道："我去吕汉那次，那个高工说 Peter 找他要资料，我在想他会要什么资料？Peter 是不是担心吕汉和利文斯顿尼亚地区情况相似，所以他当晚赶到了十二门徒。本想警告你们代表团，但是当时 Harrison 在场，他没办法直接说明，所以暗示我'Check the gate'……"

周雯顺着他的推理说："为了不让 Peter 说出真相，所以 Harrison 就杀了他？"

马珂沉吟一下："他们可能不光杀了 Peter，Tom 肯定也不是车祸……"

周雯不禁抚了下胸口："太可怕了！"

马珂突然认真地看着周雯："我们公司 UCG 技术可能有问题，你丈夫知道吗？"

周雯却使劲摇头道："他应该不知道……"

马珂半信半疑地看着她："可他收了贿赂。"尽管他对周雯深情，但在这件事上容不得他有半点儿女私情。

周雯解释道："那只是让你们中标，前提是三家竞标公司都保证技术安全。如果技术真有问题出了意外，对他来说也是灾难，出了事也会影响他的仕途。他应该不会明知道技术有问题还接受这个项目。”见马珂没说话，她又问，“那你准备怎么处理这个东西?”

马珂笃定地说：“等明天到了首都利隆圭，我就去中国大使馆，把这些证据交给他们……他们应该会保护我们……”说着他把这些证据都放进一个黑色塑料袋，又把塑料袋在旁边桌子上放妥当。

有了证据他什么都不怕了。自从心里的那个懦弱汉子被他亲手打死之后，他仿佛获得新生一般，浑身充满了胆量和魄力。

说到保护“我们”时，马珂又顿住了：“可是你怎么办?”周雯毕竟是个已经“死了”的人，她根本不能现身。

周雯犹豫了一下，内心却纠结得连心跳都不平稳了：“……你自己一个人去，可以吗？我……”她实在有些说不下去。她也想和马珂并肩作战，如果他们能一起出现在大使馆，这是多令人自豪的事。可是……她不能，她没有身份，她已经是个死了的人，她要活命就得自保。

马珂看着她，理解地点头：“嗯，我一个人去。”此时此刻，他又怎么忍心周雯去送死，好不容易死里逃生到现在。

周雯转头看着湖水，不敢看马珂的眼睛。说实话，以前她并没有把生死看得多么重，尤其是父母走了以后，她跟老钟又过上了生不如死的生活，几次她都想一了百了，死了算了。但死神真的逼近的时候，她又胆怯了。她竟然比什么时候都害怕死，她对这个世界还有留恋，现在又有马珂在身边，她对死充满了抗拒。人的本性又何尝不是贪生怕死?

这些话她不好意思在马珂面前说出来，面前的这个男人如此善良，如此深情仗义，跟马珂一比，只会让她这个贪生怕死的女人更卑微。可内心的一个声音不断提醒她：她不能露面，一露面她就得死。

夜晚的湖水在灯光映照下，仍然波光粼粼，闪出朦胧幽微的光。她刻意回避了这个话题，脸上的表情无比难堪。内心的声音歇斯底里不断地在喊：我要活，我要活！

可是怎么才能活？即使她这次躲了，以后要躲到什么时候？什么时候？

她不敢想，那个歇斯底里的声音扰得她烦不胜烦。

不远处，甲板上的船工在汽油桶里打酒喝，周雯见状便招呼他们说："给我们也来一杯吧！"

黑人船工递来一个瓷缸子。她又指了指马珂："也给他来一杯吧。"

马珂接过来，两个杯子碰在了一起。

周雯举杯，脸上露出难得的笑："干杯，为了我们的劫后余生……"

马珂五味杂陈地点了点头，一口喝下，表情复杂。

看着那表情，周雯竟有些不落忍。

"这是什么酒啊，呃，难喝死了！"马珂叫唤了一句。

周雯又举起杯："这杯，谢谢你保护我！"喝完，又笑笑，"第二口，好像没那么恶心了。"

马珂却说："明明还是汽油味儿。"

俩人都笑了。

如果能一直像现在这样在一起多好！此时此刻，周雯对马珂充满了依赖，仿佛身体里所有爱的细胞都活过来了。可一想到后面的分别，鼻腔里控制不住地发酸。

周雯又给马珂倒满酒："不敢想我还能跟你喝酒……"说着，她就笑不动了，酸涩感更重了，"我看人不会走眼，你真的是个英雄，我心里永远的小马哥。不是你，我早就不在了……"说完她热辣辣地看着马珂，情不自禁地伸头过去吻他。

马珂愣了一下，当两片嘴唇吻在一起时，他的心都要化了。可片刻，他的理智又回来了，他突然躲开了："思凉，我不能……"

周雯尴尬地低下头："我明白……"

她语塞了，轻轻靠在马珂身边。哪怕再多靠一秒她都情愿。

毕竟马珂还有 Judy，而 Judy 又是那样一个贤惠的女人。她凭什么去拆散？Judy 比她更适合马珂，这点她比谁都明白。

两人就这样背靠着甲板上的麻袋，茫然地看着黑压压的湖面。

"如果时间要是能倒回去就好了！我不想要什么电影里的人生了，就想和你……就想过那种和老公孩子热炕头的日子，每天买菜做饭，平平淡淡一家人多好……"周雯淡淡地说着，眼里闪着亮晶晶的东西。

马珂听到的是周思凉的声音，已好多年没听到的属于周思凉的声音竟然又回来了……

潺潺的水声在耳边流淌，夜晚的星空是那样渺茫，渺茫得看不到一丝光亮。

或许明天就会结束所有的混沌不堪和疲于奔命，只要证据交上去，一切都会好起来……马珂这样想着，周遭的晦暗似乎明亮了一些，涤荡不安的心才缓缓沉淀下来。

第二十六章｜缘起缘灭

第二天醒来，阳光打在马珂脸上，烫烫的。

睁开眼，马珂一时都不能反应过来自己是在哪儿。船边的叫卖声渐渐多起来，马珂才清醒过来，原来他们还在逃难中。

坐起来四周一扫，却发现没了周思凉的身影，他吓得汗毛孔都立起来。

“思凉，思凉——”他叫了几声，没人答应。

他赶紧走出船舱，四下寻去，都没有周思凉的影子。难道那帮人夜里发现了他们的行踪？可是他整夜都没听到一点儿动静，怎么能这么鬼使神差地把人抓走？而为什么又偏偏没抓他，故意开恩饶他一死？

越想越觉得这里面有蹊跷。糟糕！突然他的脑袋轰地一涨，一个不好的念头冲出来。他赶紧折回船舱内，发现桌上放证据色带的黑塑料袋没了，只剩下周思凉买的两部本地小手机！

心沉笃笃地跳起来，马珂这下慌了，完蛋了，他们一定是发现了证据，连人带证据都抢走了！可是为什么没一点儿声音？他直痛恨自己喝了太多酒，居然不省人事到什么声音都没听见。他抓着头发，立在原地，手足无措。

现在周思凉是死是活都不知道，他更心急如焚。

船在马拉维湖上缓缓行驶，载着水果和香烟的小快艇在货船边推销。船夫把小艇钩在货船栏杆上。货船上的水手正在和船夫用齐切瓦语讨价还价。

这时船夫走过来，马珂马上拉着他问："跟我在一起的那个女人，你看见了吗？她去哪儿了？"

船夫一脸疑问地招呼他："你要什么？香烟？水？水果？"

马珂气得直摇头。他走到船头，看到快艇，立刻询问卖货的水手："跟我在一起的那个女人，你看见她了吗？"

水手木然地摇摇头，也不知是听不懂，还是真的不知道。马珂四处张望，水上白茫茫的一片，他完全没了主意。

突然，他的眼睛好似被光刺了一下，他猛然看到水手的黑黑的脖子上有一颗闪钻，在阳光下正闪出刺眼的光芒。他怔愣地看着，那条项链明明是戴在周思凉脖子上的。在十二门徒的那晚，他们赤裸地抱在一起时，他还被这个闪钻晃到了眼睛……

小货船停在了恩卡塔贝港码头。

马珂表情复杂地正准备下船，脑中一直在提问，又一直在否定。不可能的，周思凉不是这种人，不可能的……

船夫边吆喝边靠岸，他下了船，赫然看到船夫的手腕上正戴着他的手表。竟然是他的手表！他一度怀疑自己是不是神经错乱，产生幻觉了。

定睛再仔细一看，他终于像傻瓜一样无措地摇摇头，不知是该哭还是笑。眼泪刚要跑下来，竟又控制不住地被傻笑挤走了——周思凉在跟他开玩笑，一定是开玩笑！

下一秒，手机铃声把他的耳朵叫醒，他无力地接起来。

"Hi，Mark，我是 Harrison。"

"Harrison？"马珂重复了一句，身体里的每一处细胞似乎都苏醒了。他一激灵。

"我知道你手里有一份报告，这份报告恶意诋毁公司名誉，影响十分恶劣。你需要把这份报告立即交给我。"Harrison 一边打电话，一边看着面前双手被绑着坐在椅子上，嘴被胶布封着的周雯。

受伤的 Logan 和黑人保安队长环顾左右。

怎么这么快 Harrison 就知道了？马珂有些吃惊，但他仍保持冷静道："我没有你说的什么报告。"转头一想，觉得不对，"你怎么会有我的电话？"

Harrison 冷笑一声："现在撒谎没有意义，周雯女士就坐在我旁边，是她给了我你的电话。她说你手里还有一套备份，你最好把备份赶紧交出来！"

备份？马珂蒙了，哪有什么狗屁备份，如果真有备份倒好了！

Harrison 继续说："她告诉我你们俩都睡在一起了，你把备份交给我，我就把周雯女士还给你。我们在姆祖祖 lubinga 酒店

303房间。你最好马上过来！”

马珂愣了一秒，转而愤怒地说：“还给我？你还是自己留着吧！这女人是骗子，是蛇蝎、婊子……”他把最难听的话都说了一遍，说完自己都觉得心寒。

码头附近乱糟糟的，周围的几个摊档不知在哄抢什么，嘈杂一片。

不远处，摩托车飞车党装束的几个年轻人正在玩遥控汽车，每人手上都有赌注，谁也没在意马珂对着电话咆哮：“告诉你，我犯了个男人都会犯的错！现在被这个恶毒女人搞得一团糟！你听好，这个臭婊子睡了我，不对，是我睡了她！她对我来说什么都不是！”

几个飞车党的小混混听到骂声都看了马珂一眼，有点儿幸灾乐祸的表情。

马珂的咆哮声震得Harrison急忙把手机拿远：“你不要激动Mark，其实我是为你好！你把报告给我，我把周女士连人带钱都还给你。然后皆大欢喜，这多好！”

“钱，什么钱？”马珂诧异道。

“你还不知道吗？你睡觉的时候，你的小鸟已经先上岸联络了她丈夫，她要的一千万，现在已经在你账户里了……”

马珂完全傻了，他愣了好半天，随即大笑起来，这是周思凉干的好事啊，他这个傻瓜还蒙在鼓里睡大觉呢。原来周思凉不是跟他开玩笑，她从来都是如此认真地愚弄他。

话说到此，他反而慢慢冷静下来。他边说边走向一旁的台球桌：“哈……钱都在我账户里了，这个生意更没得谈了！你认为我有必要和那个婊子分享这笔钱吗？你留着她吧，随便你想怎么样!”边说马珂边朝那帮飞车党走近。

飞车党小混混们看马珂走过来，都警觉地看着他。

周雯在一旁听了马珂的话，气得又哭又骂：“你们这群混蛋，人渣!”因为嘴巴被封住，没人知道她在呜呜说什么。

马珂决然地挂断了电话。电话挂断后，马珂脑袋仍是蒙的。现在怎么办？他该怎么办?!

Harrison 等人面面相觑，他死也没料到 Mark 会是这样的态度。

他叹道：“果然有钱能使鬼推磨啊!”

此时 Logan 插话道：“追踪到了，果然没来救人，往相反方向去了。”

Logan 的笔记本电脑屏幕上正显示出 Mark 手机的追踪定位。Harrison 一声令下：“追！他手里的东西很重要，必须把他抓住。”

Logan 和保安队长立即行动。

此时的马珂搭了一辆摩托车行驶在姆祖祖公路上，司机光腿穿着马珂的皮鞋，而马珂穿着他的一双夹脚拖鞋。显然这个交易还不赖，至少司机开车的劲头十足。

马珂坐在后座上，提着一个塑料袋，里面装着遥控汽车。他早料到会被定位追踪。

摩托车在公路上疾驰，他心情复杂地任凭车子撒野般地往前开。他没有退路，即使他心里曾经美好的东西破碎了，他仍然将那些碎片捡起来，藏好。令人潸然泪下又无法继续的东西，就把它藏好，任谁也找不到，包括他自己。

另一条姆祖祖公路上，Logan 一边看着手机屏幕上的定位，一边指挥保安队长开车。小光标反射到窗玻璃上，就像一个小小的萤火虫。

窗外迤逦的非洲景色匆匆掠过，头顶的云朵不停变幻着形状，没有一刻能停下来。

终于小光标在一处非洲特色的集市中停下来。Logan 和保安队长马上下车，追进集市。他们粗暴地推开人群，向定位点靠近。

一处卖旧手机和手机壳的摊档，只见一个黑人正低头俯身在挑选。定位点就在此人身上！两人赶紧拔枪过去，一把抓住那个人。那黑人吓得霍地举起手，手里拿着的正是马珂的手机。

Logan 愣住了："你怎么会有这个手机?"

黑人已经看见了 Logan 手上的枪，吓得转身就跑。Logan 觉得不妙，一把抓住他，不想黑人回手抽出大砍刀来就砍。Logan 惨叫一声，一只胳膊瞬间滚落在地，手里还握着枪。

同时 Harrison 正在酒店的房间里追踪马珂的定位点。见小光标停住了，不禁面露得色："很好。看，这就是他停住的地方。"说着让周雯看屏幕。

周雯被封着嘴仍绑在椅子上，她默默地流下了眼泪。马珂真的没有来救她，他一定不会原谅她了。从偷走证据的那一刻，她就知道马珂不会原谅她了。

忽然，门外传来咚咚有节奏的敲门声。Harrison 有些疑惑，这个时候谁会来？忙示意保安去开门。

保安打开门一看，门外并没有人，一个遥控汽车从保安两腿中间冲进了房间。众人都有些不明所以地盯着那辆遥控玩具车。周雯忽然看到遥控汽车上面绑着一个手机，不断播放着一句中文录音："快跳窗，快跳窗！"

这是马珂的声音！那声音让她的眼泪夺眶而出，马珂真的来救她了！她想也没想，不顾一切地站起来。

Harrison 等人都愣住了，听不懂录音里说的是什么。

趁着这个空当，周雯毫不犹豫地用身体撞向窗户玻璃——玻璃瞬间粉碎，她横冲直撞地坠了下去……

即使此刻死了，她也圆满了！马珂终于来救她了，因为马珂不是别人，是她心中永远的小马哥！

身体落地的那一瞬，她以为自己真的死了，睁开眼却发现自己倒在了一车装满毛巾和衣物的车斗上。车上“海豚清洁公司”的 Logo 醒目地提醒着她。她一下明白了，是马珂找了 Nyasa 帮忙。马珂没有放弃她，即使她做了这么自私自利的缺德事，仍然没有放弃她！眼泪再次夺眶而出。

马珂接住周雯后，马上发动了车子，车身迅速淹没在闹市中。

Harrison 被周雯这奋不顾身的一跳也吓得一哆嗦。等他跑到窗口一看，只见一辆车早已快速驶离了。

周雯因为手被捆着，嘴上也有胶条，只得一点点向马珂的驾驶座那边爬。

透过后视镜，马珂看到周雯一点点爬过来，他并没有回头，只是隔窗递给她一把刀。周雯接过来用刀一点点割开手上的绑带。她隔着车窗，看向马珂，泪水止不住地往下流。总算撕掉了嘴上的胶布，她吃力地开口说：“谢谢你，我以为你真的不要我了……”

马珂并没有说话，他减慢了速度，从怀里掏出了一张支票塞了过去，语气生硬道：“这是你的钱，我的支票真是没白带！你现在如愿了！这么多钱，在非洲买个新身份易如反掌。”

周雯内疚得不知该怎么解释：“不是这样的，马珂……”

听到周雯的声音，马珂竟然头一次有了厌恶的感觉，他终于忍不住发怒道：“那是怎样?！十多年的时间真的足以彻底改变一个人，我现在不知道你是谁，我也不知道你哪句话真，哪句话假！你明知道这份报告对我们意味着什么！吕汉几百万的生命不比你那点儿破钱重要吗!”

这一声声质问就像小刀一样噼里啪啦地砍过来。周雯哭诉道：“我已告诉老钟 UCG 技术有问题，他一定会停止技术引进的!”

马珂打断道：“撒谎！你根本就是拿这些证据在跟你老公做生意！你们真是一路人！真不愧是一家人!”

周雯委屈地替自己辩解：“那我不能躲一辈子啊……这样东躲西藏，什么时候是个头啊！我被人追杀这么多天，我是受够了!”边说眼泪边哗哗地往下流，“我求他放我一条生路，让我拿着钱消失！他答应我了……没想到他又一次骗了我，还通知了 Harrison 我的地点……我怎么知道他会做得这么绝！我已经那样求他了！我们是夫妻啊，他却把我当仇人……”

马珂完全听不进去她的任何解释，他无奈地摇头：“思凉，你就那么爱钱吗？我生气不光是因为证据没了，至少还有吹哨人制度，我回澳洲举报公司，还会有相关机构介入调查。我生气是因为你骗了我！就算你真想要钱，你告诉我，我可以跟你一起想办法……前一天晚上，你在船上说得那么好，都是假的吗？十几年的时间，你换了名字，你以为你就不是以前的周思凉了吗？你现在变成什么样了，你自己知道吗!”

周雯泣不成声。她本以为把证据交给老钟，追杀就会停止，至少她可以活命，也不用拉马珂下水。现在偷鸡不成反被啄，弄得里外都不是人了。她无颜面对马珂，更恨老钟的阴险恶毒。可现在马珂已对她绝望了，她该怎么做？她只是想要活命而已……

任周雯的哭声多凄惨，马珂都已不为所动。

第二十七章｜吹哨人制度

马珂已快被气疯了，他从来没有用这样的语气对一个女人说话，更何况这个人还是他心心念念的周思凉！

昨晚他们说得好好的，只要证据上交，噩梦就结束了。他特意和周思凉讲了“吹哨人制度”。

所谓吹哨人制度，就是知情人士爆料制度，主要是来自企业内部员工的举报。他们能够最早发现问题，他们吹响的哨声，能够大幅降低监管成本，让全社会从中受益。相比政府动用大量财政加强监管，吹哨人制度代价要低得多。而对那些无良企业来说，也可以起到威慑作用，因为堡垒总是从内部被攻破。

最早吹哨人制度由美国创立，为了避免“内部人”或“告密者”这样的名词可能传递的负面印象，美国民权活动家拉尔夫·纳德提出了“吹哨人”的说法，以保护举报人。这个制度允许个人或者某个团体对企业进行查处，如果品质不过关可以提起诉讼，个人还可以当检查官，如果诉讼成功可以获得15% ~30%的赔偿金。这种有赔偿金的奖励方式，无疑更完善了吹哨人制度。企业员工也要养家糊口，举报之后他们可能在企业待不下去，甚至在整个行业都难以立足，没有吸引力的奖励，难以让他们鼓起勇气。

除了高额奖励之外，严格保护举报人异常关键。举报人保护，首先是个人信息的保护，举报信明明是送给监管部门的，结果却到了企业主手里，这种事情必须严禁严查严惩。还有就是人身保护，尤其是如果需要举报人亲自做证的话。就业保护，也是举报人保护的重要内容。美国规定，如果雇员因此遭到雇主报复，可以起诉雇主并且要求赔偿。为了纪念无数的吹哨人为美国的民主公义所做的巨大贡献，并且唤醒以及推动每一个公民对吹哨行为的支持，美国国会在2013 年特意将每年的7 月31 日定为“全国吹哨人日”。

在1987 年到2013 年间，美国政府依据《虚假申报法案》追回了389 亿美元的损失，其中70% 即超过272 亿美元都要归功于吹哨人提供的举报信息。这其中大部分案件牵涉到政府的医疗保险支付、军事采购合同，以及其他的政府合同或定标项目。而在专业程度很深的制药业，吹哨人更是功不可没。在1991 年到2012 年间涉案金额最大的20 例案件中，由吹哨人发起的占其中的18 例。

吹哨人的举报行为不仅每年帮助美国证券交易委员会开出超

过亿元的罚单，维护了金融市场的公平秩序，保护了投资人的利益。在美国社会其他领域也同样是维护正义的重要力量——吹哨人监督政府的行为，保护纳税人的利益，揭发医疗保险作弊案，维护食品安全，举报企业破坏环境的行为。2002 年，《时代周刊》评选出的年度风云人物就是三位女性吹哨人，因为“她们冒着巨大的职业及个人危险去揭露世通公司、联邦调查局以及安然公司的事实真相”。

在金融产品日益复杂化，行业专业化越来越高的现实下，单纯依靠自上而下的调查和审计工作，很难做到一网打尽。面对同样的难题，世界各国都在积极地建设自下而上的“内部人”举报制度，激励内部知情人士主动举报公司的违法行为。在澳洲，吹哨人制度同样有效力。两年前，马珂澳洲的一个朋友举报了证券交易委员会的一些违规交易，公司最后被处以 100 万美元的罚金，而正得益于吹哨人制度，他获得了这笔钱的 10% 作为奖励。这件事对马珂影响很深，更让他不惧怕做“告密者”。

每一个人都有义务监督社会，并将任何不正当作为、虚假及欺诈的行为报告相关部门。即使吹哨人受到正义精神的鼓舞，挺身而出吹响哨声仍然要承担来自外界和自身的各种压力，并且随时要面对可能的各种报复。对吹哨人保护和奖励机制的立法，不仅免除了吹哨人的后顾之忧，保障了吹哨人的利益，维护了社会公义，更重要的是，它倡导了一种人人应该维护社会道义的公民价值观，使得更多的人愿意承担起“吹响哨声”的责任。

吹哨人也可以匿名举报，任何可能泄露吹哨人身份的信息在该法案中都得到了最大程度的保护。马珂的这个朋友当年就是匿名举报，包括证券交易委员会以及商品期货交易委员会在内的调查组成员都不知道吹哨人的真实身份。

目前，中国也实行了吹哨人制度，但还仅限于食品安全领域。2016 年，上海将吹哨人归为“隐名举报”类别，也出台了保护吹哨人的办法。深圳将对吹哨人的奖金定为最高 60 万，在全国算是最高的。但在其他领域，吹哨人制度并没有通行。许多举报人遭受到了不同程度的打击报复，甚至被灭口。

马珂讲的这些虽然都是事实，但周雯心里有数，在吕汉，吹哨人制度从来没人提起过。这几年，高工一直在担任吹哨人的角色，但人人都说他是疯子，没有人会相信他的爆料，这是企业的潜规则。你举报了公司，那么也就意味着你别在公司混了，不能明着开除你，也会把你逼疯。

这次和澳洲飓力的合作，多少反对的声音夹在中间，举报信也没少收到，但老钟都一一处理了，所谓的处理就是掩盖和消灭。对那些吹哨人也是打压排挤，谁叫国内没有健全的保护吹哨人的法规。

这些周雯都看到眼里，但她不知道该怎么阻止这一切。老钟早已不把她的话当回事。时间长了，她自己也麻木了。息事宁人向来是公司的处事原则，她这个董事长夫人又何必成为第二个高工呢？马珂可以当吹哨人，但她不行，她做不到。但这些她跟马珂说不出口，谁也不愿意把自私的面纱撕下来，更何况在马珂面前。

马珂反复跟周雯强调了这个吹哨人制度会保护举报人的安全。内部知情人发现问题，吹响哨声，既可大幅度降低公司监管成本，又对不遵纪守法的企业起到堡垒从内部攻破的作用。有这个制度在，告密者就有了保护机制，证据上交他也不用担心人身安全受到威胁。但周雯只是在一旁默默地听着，仅此而已。

当时，马珂看她的眼神如此真诚地投过来，谁又会相信她是在演戏呢！

最令马珂不能接受的是，她真的在演戏！以前的周思凉早就消失了，只有他这个傻瓜才会惦念初恋时的美好。青葱岁月摸爬滚打时所怀揣的那些期待、渴望、悸动全都幻灭了。心底最深处的简单直白地留给青春美好的记忆全都可以抹去了。

现在想来，那段思念至深、难以自拔的大光头时期成了人生最可笑的一段讽刺。

终于可以从那口深井中走出来了。马珂木然地看着前方，心里溢满了痛。

第二十八章｜彻头彻尾的失败者

来到姆祖祖机场，马珂一路无话。面对周雯，他把心门关上了，那些过往堆积的情绪一点点随风飘散了。此刻他只想尽快回到墨尔本自己的家，那才是他心灵的避风港。

路上，周雯不安地问："到了机场怎么过关？我没有身份。"

马珂什么也不想说，只叫司机快些开车。

喉咙锁住了，任谁也打不开。

生命中不再有周思凉这个人以后，马珂面对周雯，就像在看一个陌生人。

到了机场航站楼，周雯胆怯地走在马珂身后，她不知道马珂会怎么安置她。但她心里有数，马珂一定不会丢下她不管。

黄昏的微光透过玻璃窗打进来，马珂脸上却仍是黯淡一片。周雯看了看他，不知道该怎么办。

就在马上要过安检的时候，马珂递给她一本护照。周雯一愣，打开一看是Judy的护照。她鼻子一酸，泪又差点儿掉下来。她见过Judy，知道她们长得有些相似，但她也没想到马珂肯把老婆的护照借给她，这个办法她死活是想不出来的。

她感激地看了一眼马珂，仰了仰脖颈，抑制住摇摇欲坠的眼泪。好半天，她才努力说了一句："谢谢你！马珂，我无以回报……"

马珂就像没有听见，直接将两本护照递给了海关人员。

那人拿起Judy的护照看了看，又对着周雯看了半天，问道："你们是什么关系？"

马珂淡定地说："我们是夫妻。"说着他把手搭在了周雯的肩上。

周雯的心都要碎了。她为了活命，如此自私，毁了马珂的前程，却不管不顾地还想苟且偷生，她还是人吗！

忍着泪，忍着内疚，她努力冲海关人员笑了一下："是，他是我丈夫。"

海关人员对中国女人的长相有些脸盲，看着都是长发披肩的样子，五官似乎都看不出差别，缓了缓，他终于盖章放行。

周雯迅速抹去悄悄滑落的眼泪，跟着马珂过了海关。两人来到候机厅，不远处已停着两架小飞机。

看着陆续在排队登机的人，马珂收起了情绪，向周雯告别。

"你的飞机比我晚10分钟，到了南非把Judy的护照撕碎扔了吧，她好再补办个新的。"面无表情地说完，马珂转身就想走。

周雯红着眼睛，叫住他："马珂，你恨我吧？"

马珂并没有转身，背对着她说："我不恨你，但我永远也不会原谅你!"说完转身就向登机口走去。

周雯痛苦地抚了一下头发，站在原地，注视着马珂的背影，久久不肯离去。

一段感情抽丝剥茧、入木三分地烙印在心里，是多么美好的回忆，是她亲手将这样的美好撕得粉碎。自始至终，她都是那个对马珂不忠的人。十几年前，她没珍惜；十几年后，她更变本加厉，把他推向痛苦的边缘。而她自己呢，用钱打造隐秘的城堡，生怕自己过得不好，为了心安理得，欺骗一切，把最平凡、最朴实、最可贵的情感当作了逃生的筹码。

不敢想象，所有的不齿她竟然都做到了，如此决绝，如此果断，自私自利的心没有一丝犹豫。十几年前，周思凉死了，周雯活了；十几年后，周雯活成了矫情和伪饰的代名词，把虚荣、华而不实浓缩到了极致。这样的人生还活得有意义吗?

一本好书，会成为劈开我们内心海洋的斧子。她遇到了一本好书，却轻易地将它遗弃，悔恨和痛苦在心里不停地发酵，慢慢翻江倒海地将她整个人吞噬。

马珂下了飞机马不停蹄地赶回家，他要见Judy，他要告诉她所有的一切。

一堆记者意外地把马珂家围了个水泄不通，马珂奇怪地看着他们，不知道发生了什么事。一个记者突然认出了马珂，叫了一声，瞬间一群记者都围了上来，大小摄像机和麦克风长枪短炮地对着他。

马珂诧异地看着这一切，脑子全错乱了，这段时间究竟发生了什么事?

记者们七嘴八舌地问起来:

“马珂先生，能否对你做一下专访，请问您对偷情怎么看?”

“马先生，请问您认为诚信对一个人是不是很重要?”

“请问您跟您太太关系如何，是否已经对婚姻厌倦?”

“Mark，你是不是有很严重的经济危机?”

“你当吹哨人诬陷公司，是不是想获得巨额奖金?”

“对于你的性录像带曝光，你怎么看?你是否有某些奇怪的性癖好?”

“请问你太太对你的性丑闻怎么看?”

……

什么乱七八糟的，马珂感觉自己好像走入了另一个星球。边上的新闻转播车正热闹地进行现场直播，著名脱口秀节目 Hidden Truth 的主持人正表情丰富地在现场解说。旁边有些好事的邻居正起劲地用手机偷拍。那场面滑稽又热闹。

马珂蒙圈到无以复加!他试图推开记者，却被人群层层包围着，动弹不得。

这时，Hidden Truth 的采访记者迅速把几张名片塞到他兜里:“如果你愿意接受我们的专访，任何时间都可以安排。”

马珂愤怒道:“你们到底在说些什么?你们再不走，我就报警!”

那高亢的怒骂声终于将人群分流出一条路，马珂赶紧挡着脸，努力推开记者，往家门口走。

好不容易挤到家门口，他大力地敲门:“Judy，Judy，是我，快开门!”他这才发现家里的窗户都拉着窗帘，遮得严严实实的，究竟发生了什么事？他快疯了。

敲了半天，Judy 终于打开了门。

打开门的一瞬，记者们又全都拥过来，迅速伸出话筒对 Judy 见缝插针地采访："马太太，请问您先生和您关系如何？他是一个好父亲吗？你们有没有离婚的打算？"

Judy 把脸一沉，不发一言，这些天来的遭遇，她已经到了崩溃的边缘。马珂挤进屋，Judy 立刻重重地关上门。

光线被窗帘遮着，马珂有些透不过气来。他不安地问："怎么回事这是？"

Judy 长长吐出一口气，正要发作。

这时 Daniel 看见爸爸进来，赶紧从后门跑到院子里。他知道家庭大战又要爆发了。

Judy 怔怔地看着他的脸，怒斥道："我不知道你还有什么脸回这个家！"

马珂被这话僵在了原地。他不知道 Judy 的怒点定在了哪里。最近发生的事太多，满嘴的话却愣是不知从哪儿说起。

Judy 把几张报纸啪地摔在马珂眼前，有英文的，有中文的，他不明所以地拿起来——只见几份中文报纸的标题醒目地写着："澳洲的叛徒，华人的耻辱""告密者？——污蔑者？""性丑闻案……"

这下马珂震惊了。这是怎么了？怎么会这样？

Judy 知道他无言以对，继续怒斥："……你爱跟什么人上床，我可以不在乎，但是你难道不知道这是丑闻，该偷偷摸摸的吗？现在恨不得全澳洲都知道你了！我不敢让 Daniel 看电视、看报纸，甚至不敢让他去上学！Mark，你可以不在乎我，但你是孩子的父亲，你凭什么敢这样伤害你的儿子!”随即 Judy 打开电视，不断地来回换台，电视上几个节目全都是有关 Mark 丑闻的。

一名女记者在墨尔本大学校园里采访图书管理员，那人肯定地说：“对，那个时候 Mark 经常借书超期不还，他比较不守信用……”

马珂简直哭笑不得。

Judy 继续换台。

另一档中文节目主持人义愤填膺地谴责道：“污蔑公司技术，阻挠两国合作，意图敲诈公司获得不当利益，这些行为让华人蒙羞……”

马珂看不下去了，走过去解释：“我承认我做了错事，但我绝不是他们说的那种人。你应该了解我！这一切都是阴谋！Judy,他们是想让我闭嘴，让我信用破产!”

Judy 根本不听他解释，仍继续换台。

Hidden Truth 的主持人正在直播间采访，被访者是马珂的澳洲同学：“……对，就是因为他没 Check the gate，害我们输掉了那场比赛，他就是这么一个没有责任感的人……”

主持人马上回应说：“是的，缺乏责任感的人常常会选择出轨……”

Judy 在一旁摇头：“真可笑，你是谁，犯得上人家跟你这么大动干戈！Mark，你疯了，真的，你从见到那个什么周小姐之后就疯了!”

马珂正想解释，此时电视节目开始播放打码的性爱视频片段，周思凉和他赤裸地抱在一起，正吻得浓情似火……他看着这些热辣的画面，只觉得天旋地转，那样的姿态不知道的人还以为是 BBW 小电影。

Judy 忍无可忍地嘲讽道："我不知道你还会这个!"说完她愤怒地关上电视，这样的画面让她的心都碎成千瓣!

马珂喉咙堵住了，他羞愧得无地自容。

就在这个沉默下来的空间，突然，Judy 哭了，眼泪扑簌着流下："连老六都说我们俩长得像，Mark，你是因为娶不到周小姐才娶我的吗?!"

马珂使劲摇头："不，不是的，Judy，我爱你……"

"我爱你"三个字曾经如此的扣人心弦，此刻听来，却多么的苍白无力。

马珂低下头，他不知道怎么令 Judy 相信曾经的海誓山盟并没有变，以后也永远不会改变。在他的世界里，他对 Judy 始终是"愿有岁月可回首，且以深情共白头"。但他知道，当信任没有的时候，说再多都是徒劳。

Judy 别过头，不想看他。此刻"我爱你"就是一句讽刺，这三个字就足以把人伤得体无完肤。

沉默的空当，突然从后院传来嬉笑的声音，一群孩子围着 Daniel 不断奚落嘲讽。Daniel 气得冲他们大叫："滚！滚出去!"

Judy 和马珂赶紧跑到后院，只见后院的门大开着，院墙院门上被油漆喷绘着"淫乱之家""骗子"等字样。连 Daniel 的脸上也被喷上了油漆，他愤怒又委屈地站在院门口。

这一幕把 Judy 彻底激怒了，她从地上抄起一个花盆，跑到门口使劲扔出去，那几个孩子得意地跑掉了，还不断回头冲 Daniel 做鬼脸。

Judy 拍着手上的土大骂："再敢来，我宰了你们!"

从没有看到 Judy 如此强悍的一面，马珂愣了一秒，赶紧过去试图安慰 Daniel。谁知马珂的手刚搂住 Daniel 的肩膀，他却倏地闪开了。他知道爸爸做了错事，才会被同伴嘲笑，但他又不清楚是什么错事，只能不情愿地流泪看着爸爸。

Judy 搂住委屈的 Daniel，不知怎么解释，只得转向马珂："我求求你，如果你还爱我们，请你现在离开这个家!"

马珂痛苦地看着他们母子俩，他最深爱的两个人近在咫尺，却像隔着深渊万丈。

Daniel 扑到妈妈怀里，爸爸的脸让他无法对视。

Judy 拉起儿子转身进了房间，那决绝的背影已容不得任何解释。

马珂就像被人扔进垃圾桶一样，最亲的人对他的唾弃才是他最觉得失败的地方。心里的绞痛加剧地扩散开，他慢慢撑不住地蹲下来，痛得已哭不出眼泪……

他做了一回彻头彻尾的失败者!

第二十九章 | 真相究竟是什么?

夜晚更容易摧毁一个人的意志。

流浪在街头，有家不能归，这种感觉让他更深切地体会“我终于失去了你”的悲切。

找了一家附近的小旅馆，马珂踉跄地走了进去。

接了半杯自来水，嚼着一个冰冷的三明治，他像一个被人遗弃的孤儿。甚至他觉得用孤儿形容都有些抬举了，在老婆眼里，或许他只能叫“人渣”。

马珂落寞地打开电视，令他没想到的是，电视里依然是关于他的丑闻报道：“GPEG 公司，中国籍雇员 Mark 的性丑闻事件持续发酵。墨尔本当地不少华人社团主动发声，对他的行为进行谴责……”

他愤怒地关了电视，手上的三明治也被愤怒地扔进了垃圾桶。他还能有什么胃口！就在他这股火正欲发作的时候，有人敲门了。

马珂一顿，警惕地打开门，门边服务员放了一份报纸。报纸上醒目位置正是他和周思凉缠绵的画面。

他怒不可遏地捡起报纸，正欲撕个粉碎，却又看到一行重要新闻，标题写着：“中国资源部部长即将访澳，为中澳合作拉开序幕，据悉，墨尔本也是他到访的重要一站……”

他拿着报纸无力地坐到床边，接下来他该怎么办？一连串的问号敲打着他。他不能就这样倒下，他必须要给 Judy 一个交代。如果就这样认输，他在 Daniel 面前会一辈子抬不起头来。

手机铃声打断了他的思路，他接起来，竟然是董事长 Chris。

电话里的声音不痛不痒：“Mark，我是 Chris，明天请你来我办公室一趟。”

放下电话，马珂的眉毛拧成了“川”字，他们又要耍什么花样？Chris 和 Harrison 是一伙的吗？他回想之前所有的细节，似乎 Chris 都有不知情的理由，或许这场阴谋只是 Harrison 单方面操控……这样想着，他渐渐稳定了情绪。

第二天一早，马珂赶往飓力能源公司，他直接去了 Chris 的办公室。

可当他刚推门而入，却发现 Harrison 也在场，他不自然地立在门口，进退两难。

不想 Chris 一看到他，就上来拥抱，语气充满了抱歉：“哦，可怜的 Mark！”

对这一举动，马珂完全没有准备，面上全是震惊。

Chris 宽慰道："我知道，现在所有的记者就像恶狼一样盯着你，但我们不会丢下任何一个员工。Mark，我们能为你做些什么吗？"

如果 Chris 和 Harrison 无瓜葛，为什么他不和自己单独谈话，而非要 Harrison 在场？

马珂有些疑虑，他警惕地看着 Harrison 说："我已经告诉身边的朋友我来公司了，如果我有任何危险，他们就会报警。"

Harrison 口气一软，五官都变得通情达理了："Mark，我觉得你对公司和我都有很深的误会。很显然，周雯利用了你，把你当成了她和她丈夫之间的牺牲品。然后你把对这个女人的愤怒转到了公司头上。"

马珂当场愣住，他没想到 Harrison 居然能想出这样的说辞。

Chris 走过来说："Mark，性爱视频是在周雯房间拍的，这不可能是巧合！只有她才会拍到跟你的视频，这一切都是有计划的。她利用你洗钱，得到了她想要的一切，而你呢？"

马珂冷静地看着 Chris，但又不得不承认他说的话并非随意编造。

Chris 摇头苦笑："Mark，我知道坠入爱河的感觉，你是个老实人。"

马珂想了想说："我看到了事故现场，爆炸和火灾是因为我们的技术不过关引起的。Tom 有技术报告。"

话落，Chris 就拿出了一份报告递给 Mark："你说的是这个吗？Tom 说公司的 UCG 技术有问题，他有没有在报告里写明，这次意外爆炸正是他在值班操作？"

马珂接过报告，他脑袋一蒙，是Tom的误操作？

Chris看Mark紧张局促地翻看报告，面上一笑："如果你愿意，这份报告你可以拿回去仔细研究。Harrison一定要拿回来，是担心别人会拿它敲诈公司，任何不实传言对公司都是伤害！"

马珂的脑子有点儿乱了，是Harrison把Chris也给骗了，还是他们已早早串通好？他看着Chris的眼睛，那眼神里似乎有不可告人的东西。顿了顿，他坚定道："但你们派了杀手。"

Harrison马上反问："我们为什么要派杀手？难道周雯没告诉你杀手是她老公派的吗？"

马珂呆立住，面前的两张面孔来回交错中，他又看到了老钟的面孔。他们的眼神都高深莫测，令人不寒而栗。

马珂犹豫一下："……是，她说了！可你们派的人都杀到我家了，这也是事实！"

他想起那天杀手追到了他的家，周思凉藏到了柜子里才躲过一劫。

这时，Harrison和Chris对视一眼，Harrison的声音高了八度："我发誓，绝对没有！公司永远不会伤害Daniel和你的妻子。况且Daniel跟我的孩子是好朋友，你我都非常清楚。"

见Harrison如此斩钉截铁，马珂更加疑惑了。但凶手确实进了他家，这又怎么解释？

Harrison接着说："我承认我们的确有贿赂，但我们也是出于无奈，中方提出了要求，如果不满足，我们就会出局。公司一直很重视这个项目……"

Chris紧跟着说："一周的假期够吗？一周后希望你能尽快调整好情绪回来工作。公司很看中你的能力，中方资源部部长马上就要访澳，许多重要合约签订在即，后面还有很多工作需要你去做！”

马珂眉头紧皱，彻底糊涂了。公司真的是被逼无奈，还是周雯又一次地演戏？

他脑中混沌一片，真相究竟是什么？

马珂马不停蹄地回了家。一进院子，脑袋仿佛开窍般灵光一现，他突然想起家里客厅安了监控，真相马上就会浮出水面。

咚咚咚咚一阵急促的敲门声把 Judy 吓了一跳，这几天她困在家中不敢出门，附近仍是一堆驻扎的记者，烦不胜烦。

她起身看了一眼门镜，是胡子拉碴的马珂，几日不见，他已落魄至此。她小心地打开门。

马珂冲动地拉着 Judy 进屋，兴奋道：“我找到证据证明我的话了！快来看！”说着他把 Judy 拉到监控前。

Judy 不知他又玩什么新花样替自己辩解，无语地看着他。

马珂屏气敛息地打开监控视频，往前翻看前几天的录像资料，嘴上还不停地唠叨着：“Judy，我会证明给你看，我没有骗你。有人潜入过咱们家，就是你们去朱朱家那天晚上……他们是来杀周思凉的……”

Daniel 也听到了父亲的声音，从卧室探出头来，悄悄在背后看着他们。他不知道父亲说的证据是什么，但他希望父亲说的是真的。

那天的画面终于调了出来，马珂仔细地看着，一旁的 Judy 也屏住了呼吸，她何尝又不希望马珂说的都是真的。

两双眼睛都盯在回放中的监控画面上，客厅静静的，屋里有灯光。很快，周思凉出现在了画面里。马珂看了一下她穿的衣服，确定就是那天。突然，周思凉手一挥，把桌上的东西全扔到了地上，紧接着她抱起了马珂用来镇宅的那块圆石头狠狠砸向了窗玻璃……马珂惊呆了，他的汗毛孔都直立起来，天哪，这就是不可思议的周思凉！

紧接着，她把客厅里的椅子推倒了，餐桌上的东西也未能幸免，全都扔到地上。破坏完现场，周思凉松了一口气，她把自己的衣服撕扯开，再把伤口纱布拆开，用玻璃划伤，一切准备完毕，她拉下了电闸……

一片黑暗中，马珂崩溃地踉跄了几步，他差点儿没站稳。

Judy 绝望地看着马珂，一句话也说不出来。所有的事情已然超出了她的想象，她连唏嘘都顾不上了。

Daniel 看到这一幕失望地跑回屋里，猛地关上门。父亲的形象从他心里彻底垮了下来。

马珂一动不动地立在监控前，两腿像是灌了铅，动弹不得。他不能接受这样的周思凉——在船上偷走了证据，她是为了活命，他从人性的角度能理解。但现在的画面又怎么解释？原来从那时她已经开始演戏，因为演得太好了，他竟一点儿都没有觉察。这种以假乱真的演技又何必浪费在他身上呢，直接去拍电影好了，这又是何必！

他不知是哭还是笑，他知道自己快疯了。

Judy 看他那个样子，也不想多言，她把车钥匙递过去："你的车修好了……"

马珂愧疚得手都不敢抬，他低语："你们留着吧，这个车好一点儿。我租一辆开吧……"

好半天他才找着大门，狼狈地走了出去。

幸好儿子没有出来，如果被他看到这一幕，自己的脸往哪儿搁？他胡噜一把脸，绝望地回到了小旅馆。

屋里凌乱不堪，快餐盒和啤酒罐散乱于各处。

马珂把自己扔到床上，他用被子蒙住脸，什么都不想，什么也不干，也许此时他睡过去才是种解脱。

这些天，精力的透支让他好似陷入了一个无尽的旋涡，他想逃离出来，却被死死地困住。他的意志已被消磨得所剩无几，真相已然摆在眼前，他还用凭空臆想吗？

当一切都在崩塌之中，睡意便再也不会有了……

第三十章｜请再给我一次机会

手机铃声响了半天，马珂愣愣地听着，那声音好像与他无关，他只管听着，并不接。此刻他才知道，自己连接电话的力气都没有了。

铃声似乎不愿意妥协，还在持之以恒地响着。马珂终于振作地伸手拿起，半梦半醒地对着手机打招呼：“ Hello——”

接着，那个从手机里传出的声音令他瞬间清醒过来。他忙起身套上 T 恤裤子，紧接着，敲门声就传来，马珂毛骨悚然地打开门。

一个陌生的女人走进了马珂的房间。

这画面同时出现在 Chris 办公室的电脑监控上。

Harrison站在旁边，眼睛一眨不眨地盯着屏幕。

Chris担心地问："装监控的时候没人看见吧？"

Harrison得意道："当然，和在十二门徒的时候一样。"

Chris放心地点了点头，这个时候可不能有任何差错。他盯着监控画面，那个陌生女人如此面熟。

女人在门口卸下墨镜，果然是周雯。

周雯戴着很短的假发套，衣服装束完全变了，生怕被人认出来。

马珂意外地看着她，一股厌恶感从心底升腾起来。

周雯声音弱弱的："我去了你家，你太太说你在这儿。我可以进去跟你说话吗？"

马珂忍着一口气转过身。周雯赶紧关上门。

门刚刚关上，马珂的声音就像炸弹似的爆开："你为什么还不放过我？！"

周雯一惊，却并不意外："你不问问我为什么来找你吗？"

马珂不屑道："既然你能来澳大利亚，说明你已经拿到身份了。有钱能使鬼推磨，我还有什么可问的！"

周雯知道马珂在生她的气，他这样的态度她完全理解。她回避道："我现在是几内亚比绍共和国的公民，这一切都要谢谢你。"说着她递上自己的新护照。

马珂头都没抬，讽刺道："不值一提，犯不上劳驾您专程回来谢我。你是不是又改了一个新名字，这对你来说家常便饭了。这回又改成什么了？"

周雯也不生气，这样的嘲讽她全盘接受，她犯了错，就该受到惩罚。她再次把护照递给他。

马珂只好接过来，匆匆一看，他却愣住了，护照上周雯的名字已改成了——周思凉。

周思凉抱歉地说：“……我看到了新闻和视频……你误会了，马珂，那个视频不是我拍的，我没有理由这么做……”

话还没说完，马珂忽地勃然大怒道：“我他妈的怎么知道你的理由！我根本就什么都不知道，从头到尾都是被你牵着鼻子走！你能拿玻璃划伤你自己，怎么就不能拍性爱视频！”

周思凉辩解地大叫：“我没有！我没有！做人的起码底线我还有！”

马珂摇摇头：“我真的什么都不想听了。你到底要干什么啊思凉？你要的钱不是已经拿到了吗？你还想怎样？”

气氛僵到了极点。

周思凉缓了缓说：“我承认我骗过你，你去接 Daniel 的那天晚上，我看到了你文件夹里有一页吕汉的地质分析报告，再加上之前你的推理，让我开始怀疑 UCG 技术可能有问题。所以我要跟你去非洲，我想把这个事情搞清楚，这样才能有筹码和我丈夫谈判。我要是不演那出苦肉计，你不会带我去非洲的……但是我绝不会拍摄那样的视频作为有一天要挟你的筹码！不管你怎么看，那一晚我是真的……”

马珂沉默了，好半天他才说：“……我真想相信你，可我真的看不清你。”说着他把一沓资料放在周思凉眼前，“据说这就是 Tom 交给公司的调查报告，没有了原件做对照，我不知道这份是真是假。他们说是 Tom 自己的误操作，爆炸发生那天，正好是 Tom 值班……”对于这个说法，马珂不知道该不该相信，Tom 已经死了，当时到底是什么情况，现在死无对证。

“我觉得不太可能是误操作，Tom 不像是玩忽职守的人。如果是误操作为什么还要给他 80 万？应该惩罚他才对，这里面显然有问题。”周思凉跟着分析。

马珂点点头：“对，这 80 万就有问题。但他们可以说是给 Tom 的报酬。现在我们没有证据，Peter、Tom 的死，公司的事故，那么多疑点却都没有证据……”

“如果可以查到 Tom 的死不是车祸，是人为的，这就好办了。”

“警察局咱们那次也去查了，根本没有线索。”马珂摇摇头。

周思凉突然语气一转：“对了，我记得当时你不是偷偷翻拍了一张照片吗？还在吗？”

马珂脑袋一顿：“后来又换过手机，照片都不知在哪儿了。”忽然他又一顿，“等我找找，可能云盘上有，每次我手机上拍的东西我都自动存到云盘上，但愿存进去了。”马珂进入手机云盘，翻找起来。

过了几分钟，他还真翻出了一张。

“这应该是那个肇事司机。”马珂看了看。

周思凉盯着画面反复看：“这个人一定有问题，他们一定是买凶杀人。Tom 是喝了酒，但也不至于喝醉，一个头脑清醒的人不可能往车上撞，只能是车去撞他。”

“是啊，谁都明白这个道理，但法律要讲证据，他们太狡猾了！”马珂叹了一口气。

“等等，你看，你看他的手臂！手臂上有文身！”她豁然开朗道。

马珂有点儿没明白。

“之前追杀咱们的人中就有一个手臂上有文身，只是我不太记得他们的文身是否一样。”周思凉努力回想之前的画面。但因为当时只顾着逃命，确实没有顾得上去看文身。

“那几个杀手中还有几个都有文身，Logan也有文身，尤其是那几个黑人，他们长得太像了，我一点儿分不清。”马珂眉毛拧在一起。外国人看中国人脸盲，殊不知中国人看黑人也会脸盲。

“但至少这是个线索，街道上都有监控，找出那天的监控，跟这个人一对比就能知道真相，我觉得他们肯定是一伙的。”周思凉笃定地说。

“但我现在这个身份怎么去警察局查?”现在虽不能说身败名裂，但离这个词也不远了。这是个死结，接下来他都不知该往哪个方向努力，“我不怕被抹黑，我只是很难过，因为你转账到我户口的那些钱，因为性爱视频，我现在在所有人眼里就是个对家庭不忠、对公司不义的卑鄙小人。我说什么都不会有人听，也不会有人相信……你叫我怎么去查?!”

看着马珂抓狂的样子，周思凉心痛地说：“对不起，马珂，是我害了你！当时我想，你当吹哨人去说出真相，我就可以心安理得地消失。我太自私，光想着自己怎么活命，根本没有考虑你会受到什么样的打击。我也没想到，他们会想出这样下三烂的手段对付你……”

马珂抓了一把乱糟糟的头发，就像走入了一个死胡同，找不到任何出口。

周思凉忽然用了一种从未有过的口气：“马珂，我承认我自私，但还没自私到可以漠视几百万吕汉人的生命而不顾，漠视他们对你做的一切!”

这话说得铿锵有力，让马珂不能忽视。他意外地看着周思凉，不知道该说什么。

周思凉终于盯住了马珂的眼睛："……这就是我回澳洲的原因。我想把一切都说出来！"

马珂不敢相信地问："你到底什么意思？"

周思凉坚定地说："你刚才说没有证据，但我就是证据。作为中方代表，我参与受贿，目睹非正常质检审批，看到技术人员反对的声音被压下来……而且我知道老钟和吕汉市副市长刘玉刚交往密切，两个人有许多见不得人的勾当，就算没有物证，我也是个人证！"

马珂突然整个人都傻了，他怎么也没想到周思凉会这么做。就在他对周思凉已经盖棺论定的时候，不想剧情却反转了。

他难以置信地看着她："可是这样做，你现在的一切就都没有了，你会被抓回中国，你会坐牢。"

周思凉半天没说话，这样的后果她早想过了，这些天她每时每刻都在想。她贪生怕死，她自私自利，她甚至不择手段，但这一切的后果就是原本她想要的吗？得到了自由，得到了金钱，她就快乐了吗？即使做了几内亚比绍共和国的公民又怎样？每天她还是以泪洗面，没有杀手的跟踪她依然觉得有人要害她。失去马珂的信任，她就像失去了整个世界，新的身份、新的护照又有什么意义？

经历了这一切，她才明白，苟且偷生是何等的让人看不起。如果只是为了无所事事地活下去，那和行尸走肉并无二致。

半晌后，她沉重地说："我爷爷奶奶、爸爸妈妈的墓都在汉山上，我不想有一天他们的尸骨被炸飞。我希望他们能一直睡得安稳。马珂，求你，请再给我一次机会……”

马珂眼眶泛潮了，他别过头去，周思凉这突如其来的举动，竟让他如坐针毡。

周思凉继续说：“我已经联系宋团长的秘书了，王秘书本来那次也应该陪宋团长来澳洲考察的，但正赶上他父亲病危，宋团长就没让他来，因此躲过一劫。王秘书那个人比较正，我让他去找高工。高工手上有一套详细的资料。但王秘书说高工被人送到精神病院了，不用问，这是老钟干的。我让王秘书想办法把高工救出来。高工手上的资料，必须往上举报，如果能递到资源部，说明 UCG 技术有可能对吕汉造成的危害，这个项目就有可能被叫停……”

马珂感动又吃惊地看着周思凉，一时不知说什么。缓了缓他才说：“这个王秘书可靠吗？我上次去吕汉没见到他，签合同时也没这个人。”

周思凉冷笑一声：“宋团长出事以后，他的秘书职位基本就是摆设了。老钟谨慎，怕宋团长跟王秘书透露什么，所以基本把王秘书架空了。但我了解王秘书的为人。上次你去吕汉都没让王秘书露面，那说明老钟对他早有防范了。这样反而更好。我相信王秘书会去办的。”

马珂沉吟了一下：“现在最紧迫的，就是要叫停 UCG 技术。UCG 技术在某种特殊地质下就有可能发生爆炸，比如马拉维的利文斯顿尼亚。这个地方很可能跟吕汉的地质相似，如果引进了这项技术，下一次爆炸就会发生在吕汉……”

周思凉自责地点点头：“高工就是看到了这一点，才强烈反对，但老钟为了钱一意孤行，而我也差点儿成了刽子手……”

监控画面里马珂和周思凉的对话清晰地从屏幕传来。

Harrison 一脸蒙圈，完全听不懂他们在说什么。

Chris 坐不住了，精通中文的他火烧眉毛般给 Harrison 翻译，说完两人面面相觑，愁眉紧锁。

Harrison 失神道："如果他们要接受采访，怎么办？那个女人会说出一切……"

Chris 面容憔悴，脸上的肌肉就像隔夜面条般松垮肿胀，这样的意外令他措手不及。这个中国女人不是很爱钱、很惜命吗？怎么会突然一百八十度地大转变，是什么令她改变？

他自以为在中国待了多年，可周思凉这样的转变已完全超出了他对中国人的理解。"有钱能使鬼推磨"这句中国人的老话失灵了？

现在当务之急是去找杨会长，尽量拉拢中国这边的关系。如果杨会长能站在他们这边，任凭马珂和周雯怎么胡说八道也没用。但问题是如果杨会长拒绝呢？

Chris 无措地在办公室里来回走动，Harrison 在一旁急得干瞪眼……

一周过去了，马珂家门口的长枪短炮依然没有少，新闻就是热点，热点就是新闻，好不容易遇到这样的丑闻，哪家媒体都不想放过。

Hidden Truth 的记者正坐在转播车台阶上吃汉堡，已经守株待兔了一周，他也有些疲了。如果再等不到什么有价值的新闻，估计老板要冲他发飙了。

汉堡吃到一半，兜里的手机响了，他正担心会不会又是老板噼里啪啦的一顿臭骂。

“Hello——”打了一声招呼，对方竟然是丑闻主角Mark，他激动地从台阶上蹦了起来，“啊，马先生！当然，你的访谈，任何时间都可以安排，没问题，两个小时以后一切都安排好！”他一边说，一边激动地起身。

什么叫心想事成，看来老天都被他这些天的努力感动了。他马上示意同事赶快工作起来。

从小旅馆出来，周思凉坐进了马珂的车里。

马珂看着她的侧面，心里有不忍，也有无奈，现在的他几乎没有退路可言。

车子缓缓驶出酒店院子，周思凉一脸严肃地看向前方，她有一种说不出的紧张。

马珂看到前方红灯，便在十字路口停下车。

“你确定想好了吗？”他看出了周思凉的紧张和不安。

周思凉努力一笑：“我这辈子做过三件最后悔的事：一件是嫁给老钟，另外两件，是两次背叛了你……我不会再犯错了。”

马珂感动地点点头。周思凉真的又回来了！她的眼神清澈，明媚的笑容和大学的时候一模一样。

“你还记得上大学的时候，咱俩主持的那场校园歌手大赛吗？”周思凉回忆道。

“怎么不记得，我老是忘词，幸好你提醒我……”马珂羞赧地一笑。

“其实我当时特别紧张，那是我第一次上台。但是很奇怪，只要你站在我边上，我就不紧张了，特别踏实……就像今天，出门的时候我心里特别紧张，但你坐在我旁边，我就踏实了……”周思凉深情地看着马珂。

马珂重重地点了点头，给了她一个踏实的笑。

“对了，这是王秘书的电话。万一我出事，你直接找他。我也跟他说了，让他有情况直接和你联系。”说着周思凉递过来一张纸条。

马珂立即打断她：“什么话，你肯定没事……”他说得力不从心，他当然明白只要周思凉一接受采访，把所知道的一说出来，她就会被捕……想到这儿，他的心像被人剜了一刀，生疼。

片刻，周思凉捋了捋头发，信任又有些矜持地冲马珂笑笑：“……我这样子还可以吗？一会儿要上电视了。”

马珂鼻子一酸，一字一顿道：“特别好！”

话落，绿灯亮了起来，那绿光一闪，就好像新生的希望也跟着一闪，周围的街道都敞亮起来，阳光洒在树叶上发出璀璨的光。

马珂和周思凉默契地对视一眼，发动了车子。

周思凉嘴角噙着笑，车里并没有放音乐，她却听到了美妙的浅吟低唱。她记得在机场，她曾红着眼睛问马珂：“你恨我吧？”马珂连头都没回，只给她留了一句：“我不恨你，但我永远也不会原谅你。”当时她五内俱焚。

此刻，她已经知道马珂原谅她了，他们对视的那一眼，已包含了所有的理解与宽容。

曾经她以为自己回不去了，没想到，寥寥数天，她就像经历了时空穿越，她竟再次回到了周思凉的身体里。是身边的这个男人改变了一切，神奇地让她安然地回到周思凉的体内，她心怀感恩，笑得平静而美好。

马珂喜欢这样的微笑，这是穿越岁月铅华后，不带任何修饰的笑——这样的笑才是周思凉，这样的笑才能打动心弦，流淌出浓缩到了极致的温婉和静好。

这个被美好的当下占据、把不堪的过往挤走的时空，突然砰的一声巨响让所有的分针、秒针连同呼吸一并停滞。

恐惧凌空而来！马珂的车突然被一辆大卡车撞上。随着周思凉的惊声尖叫，他们的车被瞬间撞飞。车子在空中翻滚，久久不肯落下。马珂和周雯在车内旋转，就好像掉进了另一个世界。

紧接着，巨大的重力把副驾的周思凉甩了出去。马珂眼睁睁地看着她在眼前被弹起又落下。他下意识地伸出手试图抓住她，但他什么也抓不住，车子重重地摔在斜坡底部。鲜血流淌出来，溅到衣服上、座位上、玻璃上……马珂浑身撕裂般疼痛，四肢动弹不得，唯一能活动的只有眼睛。这双眼睛却看到了世界上最残忍的画面——不远处，周思凉满脸血污地倒在血泊中，她嘴角嚅动着，她想告诉马珂：“我没事，你放心……”

笑容凝固在她脸上，没有一丝凌乱和慌张，她看着马珂，温存而满足地看着，仿佛这样一直看下去，任滔天巨浪、任沸腾岁月都不会将他们分开……

四周一点点地暗下去，马珂以为傍晚过早地来临，他还来不及问思凉摔到了哪里，蜿蜒而至的黑暗已彻底将他吞没……

时间和生命的对话戛然而止。

太多没有来得及唱完的旋律飘荡在变幻莫测的天空，永不消逝。

在心里拉扯了十几年的孤独和疼痛，一点点隐秘盛开。

第三十一章｜这样的傻瓜值得尊敬

不知道过了多久才把黑暗熬走，不知道太阳照进来几次才把眼泪晒干，不知道伤口缝了多少针才愈合，不知道用了多大的力气他才离开了那张病床。

马珂心下怅惘，有时白天冷得心慌，有时夜里热得痛哭流涕。

日历满满的，但未来却是一片空白。

Judy 把他从死神手中拉回来，每日早晚照料，他才从心灰意冷中熬了过来。

朱朱和老王夫妇、老六、Angela、Maggie 和刘法医……身边这些好友都隔三岔五地来看他。马珂一直以为自己快死了，周围的朋友这么整齐地来看他，除了告别还能是什么。

朱朱和老王夫妇帮他请了中医，他们总觉得中西医结合会好得快些；老六每天从店里拿一些新鲜的菜过来，食疗也非常重要；Angela给他找来了理疗师，腿部的伤必须经过物理治疗，否则很可能会留下后遗症；Maggie和刘法医买了一堆保养品，说吃了就比不吃强……

马珂铭感五内，他已体会不出太多的疼痛，只是觉得时间一天天过去，还有太多的事他没有去做。

就在他摘去头上绷带的那一天，马珂接到了王秘书的电话。高工救出来了，资料也拿到了，他们正准备往资源部递交。

马珂为之一震，全身的细胞都膨胀起来，心跳强有力地回来了！

“一定要保护好自己！别引起钟山的怀疑，也保护好高工。”马珂不放心地嘱咐道。

王秘书沉重的声音传来：“我已准备实名举报！宋团长已经不在了，是他保了我一条命。周主任也不在了，她的最后一通电话把一切都跟我说了，我还能为了自己苟且偷生吗？”

马珂眼圈红了，这么多人为这件事付出了生命，他要尽快好起来，他必须要好起来！

“国内吹哨人制度还不健全，我是担心你受到威胁，高工已经被他们折磨成那个样子，我是怕你……”想着高工一声声喊着魔鬼的情形，马珂的心猛地一揪。

王秘书坚定道：“我年轻，我不怕。我准备直接去一趟资源部，找到柴部长。我要把资料亲手交给他，否则我就没打算回吕汉……”

马珂一惊："王秘书，谢谢你……"

"钟山这边我不会打草惊蛇，我办了休假，专程办这件事。他们应该还怀疑不到我头上。需要我做什么，你尽管开口。"

马珂感动得无以言表："下个月柴部长有可能访问澳洲，这是一个机会，我这边也会全力以赴，保持联系!"

从那之后，再没有人催促马珂复健，每天他准时来到复健室进行康复训练，他要以最快的速度好起来。Judy 捧着鱼汤，看着他一瘸一拐地练习走路，眼泪吧嗒吧嗒地掉进鱼汤里，她又偷偷回去重做了一锅……来澳洲这些年，从没有像现在这般惶惶不可终日。在马珂面前，每天她都迎着风撑着眼帘，不让他看见眼泪。既然选择了这条路，谁也不能倒下。

半个月的时间，马珂终于下了床，而且恢复得特别快。只是脸上始终挂着淡淡的苦笑，前面的路不知道还有多少崎岖，心中的计划不知道还要酝酿多久，黎明前这段最黑暗的日子还能不能挺得过去……

太多的未知压得人喘不过气，直到一个月后的一天——

礼花在湛蓝的天空绚烂绽放。欢喜伴着喜悦腾空而起，大家为盛大的赛艇比赛欢呼。

河中，几条赛艇已一字排开，随着一声枪响，赛艇如离弦的箭，水花喷薄四溅，鼓声激情昂扬。

沿河岸边的观众越来越多，远处侧面看台上，朱朱和 Maggie 还有刘法医都在看台上寻找马珂的身影。车祸刚刚痊愈就要参加这么激烈的比赛，大家都揪着心。

众多的新闻媒体聚集此地，天上几架直升机盘旋在上空进行现场直播。

不远处，依河而建的市政厅被鲜花簇拥，气派地伫立在桥头。河边的记者争相报道：“……八人赛艇比赛是墨尔本传统的体育项目，体现了墨尔本人团结协作的精神。今天，我们将以此方式欢迎中国资源部柴楚源部长的到来。墨尔本市政厅将举办欢迎酒会，届时环境部与能源部部长、维州州长将就中澳能源技术合作展开一系列会谈，并签署多项两国合作协议……”

中澳两面交叉而放的国旗迎风招展，市政厅周围严密戒严，柴楚源部长及中国代表团都在观景台上看赛艇比赛，很多澳洲政府官员和当地名流、商人都参与了此次盛会。正中间的看台上，Chris、华人商会杨会长夫妇等也都位列其中。

所有的警卫严阵以待，一级戒备。这是墨尔本近期最隆重的活动，谁也不敢怠慢。

赛艇队逐渐靠近市政厅大楼和跨河桥。赛艇上，大家整齐划一，动作利落有力。马珂全神贯注地坐在船头划桨，手上的防水表跟着节奏一上一下，丝毫不敢松懈。

“Check the gate！”Peter的话一声声传来，当年的赛艇比赛如复刻般卷土重来。这次一定要赢！Peter在他耳边鼓励，马珂更奋力地划着船桨。

很快，他们的赛艇跑到了第一名。观众席上一片欢呼。

相信Peter已经看到了！马珂激动又欣慰地告诉自己，这次一定会赢！

穿过跨河桥，马珂精准地算好位置，人不知鬼不觉地潜入水中。等赛艇穿桥而过的时候，看台上的观众谁也没发觉，马珂已经不在赛艇上了。

这是朱朱的主意，桥底的位置正好有一个排污水的小洞口，从那里钻进去，谁也看不出破绽。

朱朱看到马珂不见了，立即打电话通知老五，时间拿捏得刚刚好，一分不差。

马珂胆大心细地沿着雨水渠爬行，在洞内爬了好一段，才找到一个上行的铁梯。他利落地攀爬上去。

市政厅内，Angela 早已整装待发。她胸前挂着工作人员的标牌，穿着黑色制服，手里拎着一个垃圾袋，若无其事地在楼道里穿行。

走进服务区走廊，警卫马上将她叫住，要例行检查："你手里拿的是什么?"

Angela 面不改色道："垃圾啊。"

警卫上下打量一番，也没发现什么异样，只得放行。

Angela 警觉地四周看一眼，推开了杂物间的房门。杂物间连着另一段通往厨房的走廊。她看附近没人，迅速把手中垃圾袋扔进一个大垃圾桶中。接着她又若无其事地往前方走，顺着头顶上的一个排烟道一路走过去。这是之前定好的路线，她不能走错。

又走了十步左右，她停下了，左上方排烟道上有一格窗，用插销固定着。她转头一看没人，便赶紧抓起边上的一把椅子挥向插销，插销马上被砸断。接着她轻轻放下椅子，整理一下衣服，镇定地离开。

这一套动作她演练了多遍，果然没出差错。

市政厅监控室内，多个监控屏幕上显示市政厅内各处戒备森严。

此时，一个穿工作服的设备维修人员经过保安检查，进入设备区。此人正是老王，他镇定自若，面上看不到一丝慌乱，这件事事关重大，他一秒都不敢懈怠。

这些日子一直在忙着市政厅线路改造，警卫看到他的通行证也只管放行，并没有怀疑。

老王熟练地走进市政厅设备区，再走到通信区，一边观察前后左右的情况，一边紧张地查找线路。

宴会厅里宾客满座，会场布置得豪华而隆重。十几张圆桌整齐划一，各国嘉宾全神贯注。主席台上澳洲部长正铿锵有力地致辞："……尊敬的柴部长，我谨代表墨尔本各界热烈欢迎您和代表团莅临我市。澳中两国有着悠久的友谊和深厚的感情，您的访问必将把我们双方的合作推向一个新高度。"

掌声即刻传来，会场气氛热烈。

"2016 年 4 月我有幸随澳洲总理代表团访问了北京。中国经济的高速发展和繁荣给我留下了深刻印象……"澳洲部长边讲边向列席中的柴部长点头。

柴部长马上含笑示意感谢。他身边正坐着杨会长夫妇。

Chris 和 Harrison 坐在另一桌，脸上闪烁着不安。他们不时看看柴部长和杨会长，又不时交头耳语一番。这次柴部长访问澳洲意义重大，关系到飓力公司能否跟中国进一步合作。之前他们也和杨会长打过了招呼，希望他能在柴部长面前美言几句。Chris 深知在中国办事要讲人情关系，是否有人引荐就显得格外重要。这次晚宴，如果能和柴部长面对面交流一下，胜算的把握就更多了一成。之前马珂差点儿把他们所有的努力毁于一旦，幸好他们及时挽救，现在只能稳中求胜，不能再出现任何一点儿闪失。

马珂沿着狭窄的烟道继续爬行。透过烟道的小格栅，他能看见下面有保安警卫，还有来往的后厨工作人员。他屏气凝神，大气不敢出。

片刻，终于爬到了一个大格栅，他谨慎地打开，小心地钻进去，跳到了地上。

这时，他已能清晰地听到澳洲部长讲话的声音："……中国是澳大利亚第一大贸易伙伴，我们在能源、农业、旅游、文化等多方面都有着广泛的合作前景，我们期待柴部长访问期间签订更多的合作协议，可以为两国的贸易和合作带来更多机遇……"

掌声雷动，会场气氛达到高潮。

突然，在会场侧门的路口出现了一阵骚动。马珂的意外现身，让警卫们措手不及，见马珂还穿着划艇比赛的运动服，更是有些摸不着头脑。此人是谁？又是怎么出现在市政厅的？

马珂故意跑向另一侧，警卫立刻追了过去。这时宴会厅的门口只剩下一个保安。坐在门口的一些宾客已经注意到了门外的混乱，杨会长也朝门口看了看，又低头看了看表。

马珂此时已跑到走廊的拐角处，找到了 Angela 扔垃圾的那个储物间，迅速闪身进去。

等警卫追到储物间，发现屋里并没有人，他们只得又朝前追去。

马珂听周围没有动静了，才艰难地从墙角的储物柜子里钻出来。

按之前商量好的细节，马珂找到了那个大垃圾桶，从里面拿出 Angela 扔的垃圾袋，袋子里装的正是马珂要换的衣服。他赶紧脱掉身上的赛艇运动服，换上了市政厅的保安制服。幸好

Angela弄到了这身衣服，不然他们的计划就寸步难行。

警卫找了一圈都没看见马珂的影子，立即联系监控室寻求帮助。

澳洲部长的讲话仍在继续，杨会长再次看向了门口，见门口又恢复了平静，再次看了看表，整整过去两分钟了。Angela 坐在会场门口的位置，她看了一眼杨会长，两人眼神一碰，点了一下头。这个酝酿已久的计划，幸好得到杨会长的支持，不然一切都举步维艰。

这时，杨会长看似随意地拿起酒杯喝酒，一个“不小心”，把手中的红酒洒在了柴部长身上：“哎呀，对不起柴部长……真是太抱歉了……”

这一突发事件，引得侍者和秘书等人赶紧围上来帮忙处理。

柴部长倒并未介意，绅士地说：“没关系，没关系，我去擦一下就好。”说着，随秘书起身离座。

他们来到了门口，柴部长随口问保安卫生间在哪儿。

那个保安正犹豫是要离开去陪部长到卫生间，还是继续在门口盯岗。这时，另一个穿保安制服的人走过来，很自然地领着部长他们去了卫生间。

不用问，这个保安正是马珂。

同时，这边老王正在屏气敛息地连接线路，一额头汗。

一行人来到卫生间门口，马珂推开厕所门，煞有介事地说要先检查一下是否安全。他把每个厕所的门推开看了下，确定没有人，才拉着门请柴部长进去。

柴部长便对秘书说：“你在外面等就好。”

等柴部长一进入厕所，马珂立即回身关上厕所门，并快速锁上。外面秘书见状吓了一跳，赶紧使劲敲门大叫。

柴部长也慌了，他厉声喝道："你要干什么!"

马珂上前不管不顾地捂住柴部长的嘴，一个劲地解释："柴部长，我不会伤害您！拜托您看一看屏幕……我是飓力能源公司的员工……"

柴部长被捂着嘴，使劲挣扎，整个人陷在恐慌中。当部长这么多年，他哪经历过这样的意外事件。

马珂努力地把柴部长拉到厕所的镜子前，镜子中间有一个小液晶屏幕，正循环播放着有关墨尔本的音乐风光宣传片。

马珂示意他看屏幕："柴部长，您看一下屏幕，上面有重要的信息……"

秘书在外面拼命地拍门，眼看警卫都往这边聚集过来。

柴部长紧张又莫名地看着屏幕，不知马珂要让他看什么。

宴会厅内，一直在旁边窃窃私语的 Chris 和 Harrison 看到柴部长离席，面色都有些仓皇。这时，Chris 的手机不停地闪起来，显示微信视频呼叫。他皱了皱眉，接通后听了一句，脸色骤变，马上离开了座席。这个通话他不能让周围的任何人听到。

见 Chris 拿着手机来到走廊上，一直在门口就座的 Angela 立刻拦了过去，引导慌乱的 Chris 说："先生，您可以到旁边休息室接电话。"说着故意引领他到一间休息厅门外，替他打开门。

慌乱的 Chris 看了一眼身穿制服的 Angela，不假思索地走进去。

周思凉的脸赫然出现在 Chris 的手机屏幕上，他不可思议地看着屏幕，片刻不能言语。那样一起重大事故都没把她撞死?

卫生间内，柴部长和马珂还在纠缠，不知什么原因，厕所镜子上的液晶屏幕始终出不来画面，老王那边是怎么搞的？马珂急得后背都濡湿了。

这时，外面的警卫和秘书终于破门而入，一下子将马珂控制住，用枪顶着他的头。另一个警卫马上护住柴部长，要带他出去。

马珂被按在地上，绝望地放声大叫："柴部长，请你等一下，一会儿就好，请您看一下屏幕……上面有重要信息！关系到中国几百万人的生命！"他在心里大喊老王的名字，再不接通线路，所有的计划都将完蛋！

柴部长看着这个中国人，觉得他并不像要做什么过激的事，脚下一停。终于，液晶屏幕上的风光片变成了休息室的监控画面，屏幕上 Chris 正在和周思凉视频通话。

一直藏在通信区操作间里的老王擦了一把汗，线路终于接通的那一瞬，他脑中的神经都快绷断了。

柴部长见画面突然变了，便示意保安停下，他认真地看向屏幕。

监控画面里 Chris 震惊地对着周思凉用中文说："你居然还活着！"

周思凉冷笑道："惊喜吧，下回你应该找个技术更好的卡车司机！"她的脸线条紧绷，语气严厉，"你明知道你们技术有漏洞，却一直在掩盖！难道你是想让马拉维的灾难也在中国的吕汉发生吗？"

Chris 打断道："你不要装出一副无辜的样子，你们公司拿了我们飓力几百万，你真以为你丈夫和他身后的大人物不知道技术有瑕疵吗？他们当然知道！"

周思凉不慌不忙道："知道为什么还坚持引进?"

Chris 停顿一下："现在没有百分之百的安全，一切新技术都有风险，所有发展都有代价！非洲出事后，我们已经在研究改进方案了。现在的方案已万无一失了！如果不是你跳出来，一切都会平安无事！你到底想要什么！"

周思凉一字一顿道："我要真相!"

Chris 愤怒地骂起来："Fuck the truth！You stupid bitch！（哪有他妈的真相！你这个愚蠢的臭婊子）明明都拿到了钱，为什么还要回来? For Mark? （你是为了 Mark 吗?）你以为这是爱情，这他妈的是偷情！You ruined everything！（你毁了我们的一切!）"他一会儿中文，一会儿英文，完全失控般吼叫。所有的计划都被这个女人毁了，他的思路全乱了，接下来他该怎么收拾局面!

周思凉冷冷地说："……你说得对，是偷情，一点儿也不体面。但是这段关系再卑微、再黑暗，也不能遮蔽 Mark 揭露真相的正义！你刚才说为了爱情，这两个字太崇高了，我不敢揣测我和 Mark 之间是否还有爱情，但是他奋不顾身、挺身而出说出真相就是英雄！这足以让我支持他，让我以他为荣!"

Chris 有些站不住了，他找了把椅子无力地坐下，周思凉的面孔在手机画面里不停地放大。现在该怎么办? 接下来该怎么办? 脑中似乎有十万个怎么办在等着他。Harrison 在哪儿? 这个混蛋现在在哪儿? 他环顾四周，完全乱了方寸。

马珂愣愣地看着液晶屏幕上勇敢果断的周思凉，眼泪夺眶而出。

周思凉见 Chris 不说话，并没有停下来，她继续说："你可能觉得他是个傻瓜，但对我来说，这样的傻瓜值得尊敬!"

马珂跪在地上泣不成声，他知道此刻周思凉正躺在太平间里，说话的人不是别人正是Judy！她脸上贴着动态捕捉的电脑贴片，周思凉静静地躺在半拉出来的尸体冷柜里，脸上也贴满了表情捕捉的贴片。

为电影做了多年的电脑特技，谁又能想到有一天会用到自己身上。Judy痛苦地看着旁边一动不动的周雯，她是那么美，相似的五官令她的心粗暴地揪在一起。忍住眼泪，她对着电脑软件说了最后几句话："……我不知道结果和未来，但是我知道，现在我们做的一切是为了良心安宁，为了以后不后悔、不羞耻……"

泪水终究没忍住，Judy关了电脑，抹了一把脸。她看着周思凉，默默地说："思凉，谢谢你……"

说完她温柔地伸手拂去周思凉脸上的一根发丝。她仿佛看到思凉笑了，笑得灿烂又婉约，明媚而动人。

柴部长怔愣着看完了视频。警卫松开了马珂，在一旁有些束手无策。柴部长走过去搀扶起马珂，沉重地说："这个项目，我们已经收到了相关举报，已经着手在调查了。谢谢你给我们提供了这么关键性的证据，你叫……"

马珂立刻报了自己的名字。

柴部长感动地说："谢谢你，小马。目前UCG技术引进已经被中方单方面叫停了，这次并不在签约的名单上。但不管怎么样，我都代表祖国感谢你！"

马珂长长地呼出一口气，这么多天的辛苦，这么多人的参与，终于有了结果！他转头看了看液晶屏幕，好似周思凉还在看着他。

"思凉，谢谢你！"

也许只有这样的结果才能告慰思凉的在天之灵。隐秘在心底的痛，毫无阻隔地从心底最深处流淌出来。

不管生命多么脆弱琐碎，总能找到诗的光芒，他相信那样的光芒，思凉一定看到了。

对话倏忽而来，犹在耳边——

“……我这样子还可以吗？一会儿要上电视了。”周思凉温柔又有些羞涩地冲马珂笑笑。

马珂笃定地对她说：“特别好！”

第三十二章｜谢谢你，让我回家

这一天风和日丽，万里无云。

飓力总部大楼外挤满了各路记者，Harrison 和 Chris 狼狈不堪地被警察押送着从飓力能源总部大楼里走出来。

长枪短炮立刻包围了过去，最前头的记者拿着话筒，神情严肃："……半个月前的丑闻风波已经逐步平息，飓力能源公司正在接受澳洲司法部和美国 SEC 的调查，涉嫌巨额海外贿赂，隐瞒技术漏洞，面临故意杀人、贿赂等数项罪名。如果经调查属实，将面临严重的刑罚和巨额罚金……"

马珂坐在电视机前，面无表情地看着这一幕。正义终于战胜了邪恶，但 Peter、Tom、Jerry、周思凉，还有汉煤代表团的所有成员……这些人能死而复生吗?

Judy 走过来搂住了马珂的肩膀，她不知道怎么安慰，再温暖的言语在死亡面前都显得冰冷无力。幸好灾难躲了过去，幸好他们还是一家人。

马珂握住了她的手，紧紧不肯放。最让人难掩泪水的就是——你默默地靠在我的肩膀，却没有一句埋怨。

往事，或许稀薄如云烟，但共同经历的一切，总会绵延如山丘。

“明天要去移民局办手续了。”Judy 轻轻地说。

“我知道，明天我去，你跟 Daniel 在家等着我，等我的好消息!”马珂信心满满的。

“嗯。”Judy 恬静地依偎着他，这一次她相信一定能成，“等办下来，咱们就回国看看，Daniel 也该回去看看了，听我妈说现在北京变化特别大，催咱们赶紧回去住一段。”

马珂点点头:“是该带 Daniel 回去看看了……”

桌上的日历满满，他看到了七彩的颜色。

第二天，马珂按约定的时间准时来到了移民局。

等了一会儿，马珂被叫到窗口前，移民官问他：“你是 Make?”

他赶紧点头。

移民官递给他一套资料，面无表情地说：“这是你的 PR 申请资料。由于你的雇主公司已经跟你解约，也取消了对你的申请担保，另外公司对你的信誉提出了质疑，所以很遗憾我们将停止对你及其家人永久居留申请的审批。你的工作签证还有三个月有效期，之后你必须离开澳洲。”

马珂接过资料，想哭却哭不出来，表情落寞到极点。他无言地转身离开了柜台。

颓然地走出移民局大楼，他不知道该怎么和Judy说这个消息。最近的变故太多太乱，他不知道怎么能把不好的消息说得委婉一些。

伫立在一个车来车往的十字路口，他茫然地穿过马路。刚走到中间，红灯却亮了，他愣愣地站在中间，不知道是该继续往前走还是往后退。他的脑袋突然断片了，前方好似是个悬崖，后方又多了一个陷阱，他道尽途殚，无路可去。

就在此时，他看到马路对面出现了两个熟悉的身影——Judy领着Daniel从对面一个建筑工地慢慢走过来。

他怔住了，车流中，三人对望，百感交集。

绿灯霍地亮起来，行人陆续走起来，马珂才从怔愣中穿过马路，来到Judy和Daniel面前。

手里的资料被他捏得快碎了，嘴巴也像打了结，他不知道怎么表达。

“Hi……”憋了半天，只得打了个招呼。

Judy看着他，也说了句：“Hi……”

看着Judy憔悴的样子，马珂歉意地说：“我……我搞砸了好多事……”

Judy感慨地点点头：“你确实是……”

接下来就是一阵沉默。心里都有痛，可又不能找出身上的痛点，两人就这么沉默着。

Daniel看看妈妈，又看看爸爸，打破僵局道：“妈咪说，我们不能再待在墨尔本了，可能要一起回中国，是吗?”

马珂就像被针扎了一下，身上所有的细胞都有了刺痛感。他既内疚又感激地看着妻子和儿子。这是给他台阶下，他明白。可越是明白，他越难受。

马珂愧疚地摸着儿子的头：“……对不起，爸爸是个很糟糕的人……”

Daniel 半天不说话，想了想他说：“爸爸，《蝙蝠侠》的结尾，戈登对他儿子说的话你还记得吗?”

马珂摇摇头。

Daniel 继续说：“Because he can take it. Because he's not our hero. He's a silent guardian……a watchful protector，a dark knight.（我们追捕他，是因为他可以承担这些，是因为他不是我们的英雄，他是一个沉默的守卫，一个警觉的保护人，一个黑暗的骑士。）We are so proud of you ，Dad.（爸爸，我们以你为荣。）”

马珂眼圈红了，他看着妻子和儿子，无言以对。谁都不想要一个灰头土脸的丈夫和父亲，他告诉自己要振作，可任他怎么挺直脊背，他都觉得抬不起头来。

Judy 看着旁边建筑工地的牌子说：“马珂，你看，上面写着‘重建家园，重建生活’，说得多好!”

马珂看着牌子，眼前的景象不断地模糊。他不想在 Judy 和 Daniel 面前流泪，男儿有泪不轻弹的，这话他跟 Daniel 说过数遍，自己却从未立好榜样。

Judy 伸出手，抱住了丈夫和儿子，不管前方还有多少磨难，只要有这个家，她什么都不怕。

“咱们也该回家看看了，现在国内发展得非常快，一点儿不比澳洲差……”Judy 眼睛里闪着泪光。

马珂感动地搂住了妻子，潸然泪下：“谢谢你，让我回家!”

重建家园，重建生活，都比不上重建心灵更为可贵。一颗心眼看要荒芜的时候，唯有爱人、家人才能化险为夷，救你于水深火热。

这种领悟就像发过数次高烧，经历了好不了的咳，以为一场小感冒却能把人熬死的生命体验后，才有的感触。

是宽容，是理解，是善良，是信任，是永不止息的爱，给了他新生和力量。

三人紧紧地拥抱着，熙攘的人流从他们身边穿梭经过，他们恍若不觉。

终于，美妙的笑声从三人的鼻息间传来，那是穿越岁月铅华后耳旁响起的低吟浅唱……

第三十三章｜尾 声

再没有比搬家更琐碎的工作。马珂看着打包好的一地行李，看着即将要搬空的家，各种滋味在胸腔里翻江倒海，意难平。

Judy 把一些大家具和电器上都贴上了“Sale”的标签，还写上了价格，能卖出去，总比扔了好。

“卖不掉就扔了吧，东西也旧了，送人也不太好。”马珂淡淡的。

“新一点儿的东西我都让朱朱他们挑走了；新的厨具我挑了一些给老六了；我的一些衣服懒得拿了，给 Angela 了，正好她能穿……”Judy 说得有些伤感。这里所有的一切都是她一点点添置的，现在再一点点清出去，那种感觉就像在割她身上的肉。

“咱们的车就送给朱朱家吧。”马珂黯然神伤道。

“你糊涂了，上周就说过这事了，钥匙我都给朱朱了，过户手续昨天就办完了。”Judy好笑地看着他。

马珂拍了一下脑门：“我真老糊涂了，你什么时候去办的过户手续，我怎么不知道……”

“谁知道你脑子里在想什么。昨天你去老六那儿喝酒，喝糊涂了吧。”

马珂不置可否，最近这些天都在跟各种朋友告别，该记的事反而模糊了。

“咳，旧的不去，新的不来，等咱们搬了新家，好好布置。”马珂努力调整自己的情绪。

只有Judy明白这话里的苦涩。她看着自己的衣柜，还有几件衣服孤零零地挂在那里。她抓起一件——那是和马珂结婚时穿的红旗袍，这么多年都没舍得扔，现在已然穿不进去了，可依旧舍不得扔。

那天和Angela的对话又浮现出来——

“这些衣服你随便挑，喜欢哪件都拿走，我不想带回国了，折腾。”Judy和Angela身形个头差不多，她的衣服Angela不用试都能穿。想想以前在澳洲上学的时候，两人经常换着衣服穿，总觉得对方的衣服更好看。时间一晃，十几年过去了。

Angela也不客气，欢喜地挑了几件：“太嫩的颜色不敢穿了，女人一旦上了年纪都不好意思装嫩了。”

“有什么不好意思的，现在都什么时代了，越老才越要穿鲜艳的颜色，提气。”Judy又塞给她几件花枝招展的衣服，“你这心态得改变，我这一走，还有人唠叨你吗？”

两人说着伤感起来。Angela 鼻子一酸："在这儿住了十几年了，再搬回去能适应吗？国内有雾霾。"

Judy 苦笑："不搬也得搬，不适应也得适应。我不是舍不得澳洲，我是不放心你……"

Angela 把衣服收好："你少肉麻了，我这么大人了，有什么不放心。"

Judy 突然从厨房拿出了一包烤串："给你，老六拿给你的。"

Angela 忙一推："少胡说，他明明是拿给 Mark 的。"

"还是热的，别辜负老六的心意，吃一口吧。"Judy 抽出了一串。

Angela 接过来，表情有些复杂。

Judy 叹了一口气："我说你俩就别再躲躲藏藏的了，把事办了吧。"她也不绕弯子了，直奔主题。

Angela 吃一口烤串，确实香，她对老六的厨艺从来没失望过，只是感情的东西她不想附加这些条件。

"我们认识这么多年，要有感情早有了。你还不知道……"

Judy 正色道："我怎么会不知道你的心思，但你总得有个人照顾吧，总得生活上有个伴儿吧。老六配你，确实是差了些，但他人好，对你好，知根知底，把你交给他我也放心。我也不逼你马上跟他结婚，但至少你们先交往着，感情总会培养出来的。老六是没有马珂帅，但好歹比老王帅吧。人家朱朱对老王还不是一直死心塌地的。"

Angela 摇摇头："我已经离过一次婚了，对婚姻真的没有渴望了。而且我这个年纪，对男人已经没有依赖了。"

两年前 Angela 的老公提出了离婚。她老公做律师，工作比她还忙，在悉尼和墨尔本都开了律师事务所。在澳洲，做律师和医生是收入最有保障的，从不愁没生意。后来，她老公在悉尼那边的案子越来越多，他基本就住在那边了，两人聚少离多。他叫Angela搬到悉尼来，她不肯，市政厅的工作她不舍得放弃。最后的结果就只能是分道扬镳。本来Angela觉得分居两地也无所谓，两人多跑跑就行了，但她老公还是有了别的女人。既然这样，也没必要拖着了，Angela不想拖累别人，也不想成为别人的拖累。如果他找到了幸福，她会成全。

一个月就办完了所有的离婚手续。她从来不是拖泥带水的女人。

但婚离了，她的心也死了。那种梦醒了眼角还挂着泪的痛她再不想尝试了。离一次婚，扒一层皮，她怕了。

Judy气道："你才多大，什么就对男人没依赖了，三十如狼，四十如虎，你正当年。"

Angela差点儿被她逗笑："老六人真的挺好，当朋友也够意思，也会照顾人，只是我不想轻易地转变这种关系，我怕处不好，连朋友也没得做了。"

"怎么会！"Judy打断道，"老六不是小气的人，如果你们真合不来，也可以做回朋友啊。"

"那多尴尬啊。"

Judy苦口婆心劝道："我看人不会错，老六是个当老公的人选，最重要的是他喜欢你，知道配不上你，一直默默地对你好，还从来不让我们跟你开口。现在，这样的男人可不多了。我这一走，不知道还有没有机会再回来，有老六在你身边，我们走得也踏实……"

Angela喉咙有点儿堵："想回来买张机票就来了，我知道你是为了我好……"

"上一段婚姻失败，并不意味着下一段不会幸福。经历了这么多事，我真觉得家庭才是我活下去的动力，我都不敢想象，没有Mark，我会怎么样。这次经历了九死一生，我才知道感情的可贵。你呀，别犹豫了，试着让别人走进你的内心，试着打开自己，你会发现一切都会不一样……"

Angela从包里拿出了两张票子递给她，Judy一看竟是电影票，她眼前一亮："老六要请你看，对吧？"

Angela点点头，面上一红。

"一定要去！听明白了吗？"Judy急道。

"好朋友也可以一起看电影啊。"Angela笑了。

"你别嘴硬，其实你已经愿意尝试了，我等你们的好消息！"Judy笑开了花，临走前终于把这件事落实了，心里的包袱也终于卸了……

马珂的问话打断了Judy的思绪：

"对了，Angela和老六的事你办了吗？"

"我正想跟你说呢，他们正朝着咱们设想的目标努力呢……"

Judy和马珂相视一笑，也许老天自有它的安排，但他们相信有情人终成眷属，花好总会月圆。

所有的房间基本都清理完毕，只有Daniel还在他自己的房间里半天没出来。

Judy推开了他的门："Daniel，收拾得怎么样了？"

Daniel低着头，地上七零八落的小东西，似乎哪件都舍不得扔。

去年，他们一个杭州的邻居就选择回国了。澳洲的蓝天白云、良好的人文环境固然吸引人，但地广人稀，生活总有些不便之处。他们离最近的买菜地方都要开车二十分钟。平时除了固定的那几个中国朋友，跟老外基本没有什么往来。融不进去，也话不投机。澳洲比起国内的歌舞升平还是冷清了太多。

马珂拉 Judy 坐过来："其实我现在想想，对于真正适合移民的人群，只有两类：一类是特别穷的，一类是特别富的。"

"怎么说?" Judy 知道马珂肚子里有文章。

"你还记得当初给咱们房子刷漆的那个张师傅吧，他在国内就是农民，他来澳洲做起了油漆工，一个星期的活儿，每天来半天，付给他现金 3000 澳元，差不多合现在 15000 元人民币吧。他可以同时接好几个活儿，你可以算算他一年的收入有多少。我听说他已经在墨尔本买了 House。"

"穷人在澳洲挣得比国内多，你是这个意思?" Judy 领会道。

"还有那个 Handyman，修理工小刘，有时候来咱们家修修坏了的东西，据他说，每周差不多能挣 2000 多澳元吧，还是现金，不用交税。再举个富人的例子，我以前的一个同事，在国内就是富豪，资产我估计得上亿级别，他来墨尔本就在富人区买了 500 万澳元的豪宅，当时汇率 1∶7，然后又拿 800 万澳元买了一个大农场，现在每天朋友圈晒的都是出海钓鱼的照片。他就是两边跑，来这边单纯就是休假，打高尔夫，孩子在澳洲上小学，老婆看着。"

"你想说啥?" Judy 歪着头问他。

马珂接着说："我想说，最不适合移民的其实就是像咱们这样的中产，除非特别喜欢澳洲这种宁静生活，给孩子创造一个非常友好的环境，愿意牺牲自己。昨天跟老六吃饭，他的一个朋友以前在国内是个卖家具的销售，年龄也五十多了，也是年轻时过来的，跟我感慨，说他当时的手下，现在在北京已经是局长了，而他在澳洲还是一个卖家具的销售。”

见 Judy 没说话，马珂又继续说：“咱们在澳洲打拼这些年，把车子、房子、所有家当都卖了，估计在北京也买不上一套房。如果咱们当初没来澳洲，在北京多买几套房，没准现在资产也上亿了。那时候再来澳洲生活，那才叫享受生活……”

“当初不来澳洲，咱俩都不可能认识，也不可能有这个家，你啥意思？”Judy 梗着脖子就要跟他理论。

马珂赶紧解释：“我是想说，咱们现在回国时机正好，等回北京咱们挣了大钱，再来澳洲享受，多好……移民这种事，没有绝对的好坏，冷暖自知。”

Judy 抢白道：“你呀，还挺会给自己找台阶……你也不是找台阶，你是找心理平衡……”

马珂冲她做了个鬼脸。

两人正说着，马珂收到了一条陌生短信，他拿起来一看，是一张新闻报道的截图——“吕汉市副市长刘玉刚和汉煤集团董事长钟山涉嫌严重违法违纪，已被检察院依法批捕。”新闻标题下，正是钟山被捕的照片。

马珂心头一震。Judy 看了一眼，也吃了一惊。

“会是谁发的？”马珂看看短信发信人显示的是未知。

“好像是从国内发来的，澳洲的电话不可能显示未知。”Judy 猜测道。

马珂第一个想到的是王秘书，但王秘书的电话显然不是这个号。

正疑惑间，马珂的手机又响了，他赶紧接起了电话。

“小马，是我……柴部长。”

马珂听到这一句，浑身一凛，他没想到柴部长会亲自给他打电话。

“您好，柴部长……”马珂声音激动道。

“刚才给你发的彩信看到了吧？拔出萝卜带出泥，这件事我们终于查清楚了！”

心怦怦地跳，马珂兴奋道：“看到了，太好了！太振奋人心了！谢谢柴部长！太感谢啦！”

说多少声感谢都不足以表达马珂此刻的心情。

风声摇曳过后，风暴平息之后，竟然还会有熠熠生辉的东西。他欣慰地看着Judy，他不知道这个世界是好是坏，他只知道此刻所有经历过的痛苦、遗憾、别离、失望、欺骗、懊悔、悲伤、期待、惆怅……都统统化作了希望。

柴部长微笑道：“这件事已经处理完了，我要说的是另一件事。你看了昨晚关于巴西的新闻了吗？不知道你是否有兴趣去那里工作……”

平静开阔的房间里好似不经意地传来了桑巴舞音乐，动感又迷幻的节奏从四面肆意流淌出来，余音袅袅，鼓动着耳膜，又撩动着心弦……